Un giro en la historia

Jeffrey Archer

Un giro en la historia

Saga

Un giro en la historia
Traducido por
Beatriz Villena
Título original
A Twist in the Tale
Cover image: Shutterstock
Copyright © 1988, 2021 Jeffrey Archer y SAGA Egmont
Todos los derechos reservados
ISBN: 9788726994681

1ª edición

Índice de contenidos

Sobre Las crónicas de Clifton

«Archer está en plena forma».

Daily Telegraph

«Conmovido y cautivado por esta historia de cómo Harry, desde las calles de los barrios bajos de Bristol, emerge de la oscuridad para entrar en la alta sociedad... Está a punto de casarse con una mujer de clase alta cuando, de repente, la tragedia lo golpea camino del altar. No voy a seguir para no estropearos la historia. O el giro con marca propia que os dejará asombrados».

Daily Mail

«He disfrutado mucho con el libro y me ha encantado tanto su ritmo como su imaginativo final de máximo suspense, abriéndonos el apetito para el segundo volumen».

Sunday Express

«La capacidad de contar una historia es un enorme —y poco habitual— don... No es algo que se pueda aprender ni que te puedan enseñar. Lo tienes o no lo tienes... Jeffrey Archer es, ante todo, un gran narrador... No vendes 250 millones de copias de un libro (¡250 millones!) si no eres capaz de atrapar al lector y eso es justo lo que Archer hace, libro tras libro. Los seguidores de Archer le serán fieles hasta el final. Quieren saber qué pasará después».

Erica Wagner, editora literaria, The Times

«Otra lectura apasionante».

Bristol Evening Post

«Es una lectura impresionante. Que te atrapa. Jeffrey siempre ha tenido el don de producir libros adictivos... Esta es una historia de amor, traición, engaño, decencia y victoria del bien sobre el mal. Resulta cautivadora... y justo cuando ya estás sentado en el borde de la silla esperando que todos los cabos sueltos se unan con un bonito lazo, Archer suelta una bomba en el último párrafo del último... capítulo... Si fuera director de drama en la BBC, ya estaría planificando la primera temporada».

Jerry Hayes, *Spectator*

«Estaba leyendo el libro estando de gira y acabé escabulléndome de mis propias sesiones de firmas para volver a la historia. Sentado en un Starbucks de Oxford, pasando las páginas una tras otra intentando averiguar con qué nefastas maquinaciones saldría Hugo Barrington (un villano sacado directamente de un melodrama victoriano) a continuación, tenía que admitir que estaba completamente enganchado. Es un libro con el que se disfruta muchísimo».

Anthony Horowitz, *Daily Telegraph*

«Va a ser todo un éxito. Parece genial y es genial».

Bookseller, adelanto de la edición rústica

Sobre las novelas de Jeffrey Archer

«Si hubiera un premio Nobel al mejor narrador, Archer lo ganaría».

Daily Telegraph

«Probablemente el mejor narrador de nuestra era».

Mail on Sunday

«Este hombre es un genio... La fuerza y la emoción de la idea arrasa con todo».

Evening Standard

«Un narrador a la altura de Alejandro Dumas».

Washington Post

«Archer tiene un don para contar historias que solo podría describirse como propio de un genio».

Daily Telegraph

«Ha vuelto en plena forma... La imaginación de Archer en su máximo apogeo... un libro adictivo, entretenido y con un ritmo trepidante».

Sunday Times

«A pocos se les da mejor que a Archer atraparte con sus libros... un divertimento extravagante, posiblemente el mejor».

The Times

Sobre los relatos cortos de Jeffrey Archer

«Somerset Maugham nunca encerró algo tan ágil o ingeniosamente urbano como esto».

Publishers Weekly

«Espectacular... suspense trepidante y desenlaces ingeniosos. Un rival agradable y lleno de suspense de Roald Dahl».

Daily Express

«Elegante, ingenioso y siempre entretenido... Jeffrey Archer tiene un talento natural para los relatos cortos».

The Times

«Jeffrey Archer entabla un sutil juego del gato y el ratón con el lector a lo largo de doce relatos cortos originales que, en la mayoría de los casos, terminan con nuestros bigotes colectivos rizados por la sorpresa».

New York Times

«Archer da en el blanco con una colección ejemplar».

Daily Mail

«La economía y precisión de la prosa de Archer nunca te decepciona. El criminal no siempre se libra de su crimen y la justicia no siempre prevalece, pero el lector gana con cada historia».

Publishers Weekly

UN GIRO EN LA HISTORIA

JEFFREY ARCHER, con novelas y relatos cortos como *Kane y Abel*, *El undécimo mandamiento* y *El impostor*, ha ocupado el primer puesto de las listas de ventas de libros de todo el mundo, con más de 270 millones de copias vendidas.

Es el único autor que ha sido número uno en ventas en ficción (diecisiete veces), relatos cortos (cuatro veces) y no ficción (*The Prison Diaries*).

El autor está casado, tiene dos hijos y vive en Londres y Cambridge.

www.jeffreyarcher.com
Facebook.com/JeffreyArcherAuthor
@Jeffrey_Archer

TAMBIÉN DE JEFFREY ARCHER

NOVELAS

Ni un centavo más, ni un centavo menos

¿Se lo decimos a la presidenta?

Kane y Abel

La hija pródiga

La carrera hacia el poder

Una cuestión de honor

Como los cuervos

Honor entre ladrones

El cuarto poder

El undécimo mandamiento

Juego del destino

La falsificación

Judas

(con la ayuda del profesor Francis J. Moloney)

El impostor

Paths of Glory

Sólo el tiempo lo dirá

The Sins of the Father

Best Kept Secret
Be Careful What You Wish For

RELATOS CORTOS
Un carcaj lleno de flechas
Doce pistas falsas
The Collected Short Stories
To Cut a Long Story Short
Casi culpables
And Thereby Hangs a Tale

OBRAS DE TEATRO
Beyond Reasonable Doubt
Exclusive
The Accused

DIARIOS DE PRISIÓN
Volumen 1 – Belmarsh: Hell
Volumen 2 – Wayland: Purgatory
Volume 3 – North Sea Camp: Heaven

GUIONES
Mallory: Walking Off the Map
False Impression

A HENRY Y SUZANNE

NOTA DEL AUTOR

De estos doce relatos cortos, recopilados durante mis viajes entre
Tokio y Trumpington, diez están basados en incidentes conocidos,
algunos adornados con considerable libertad. Solo dos son el
resultado absoluto de mi propia imaginación.

Me gustaría dar las gracias a todos aquellos que me han confiado
algunos de sus secretos más profundos.

J. A.
Septiembre de 1988

EL CRIMEN PERFECTO

SI NO HUBIERA CAMBIADO de opinión aquella noche, jamás habría averiguado la verdad.

No me podía creer que Carla se hubiera acostado con otro hombre, que me hubiera mentido en cuanto a sus sentimientos por mí y que yo fuera el segundo o, incluso, el tercero en su corazón.

Me había llamado a la oficina aquel día, algo que le había dicho que no hiciera, pero dado que también le había pedido que no me llamara a casa, tampoco es que le hubiera dejado muchas más opciones. Al final resultó que solo quería decirme que no podía quedar para lo que los franceses llaman, con gran decoro, un «*cinq à sept*». Según me explicó, tenía que ir a Fulham a visitar a su hermana, que no se encontraba bien.

Estaba decepcionado. Había sido otro día deprimente y me estaban pidiendo que renunciara a la única cosa que lo haría llevadero.

—Creía que no te llevabas bien con tu hermana —le dije con cierta aspereza.

No hubo respuesta inmediata al otro lado del teléfono. Finalmente, Carla preguntó:

—¿Y si quedamos el próximo martes a la hora de siempre?

—No sé si podré —dije—. Te llamaré el lunes cuando sepa cuáles son mis planes.

Y colgué.

Con un suspiro llamé a mi mujer para avisarla de que volvía a casa, algo que solía hacer desde la cabina cercana al apartamento de Carla. Era un truco que usaba para que Elizabeth creyera que sabía dónde estaba en todo momento.

La mayoría del personal de la oficina ya se había ido, así que recogí unos cuantos documentos para trabajar en casa. Desde que la nueva empresa nos absorbió hace seis meses, la dirección no solo había despedido a mi número dos del departamento de cuentas, sino que además esperaba que yo me encargara del trabajo de ambos. Tampoco es que estuviera en disposición de quejarme, ya que mi jefe me había dejado bien claro que si no me gustaba lo que había, era libre de buscar trabajo en otro sitio. Quizá debería haberlo hecho, pero no se me ocurrían muchas empresas dispuestas a contratar a un hombre que había llegado a esa mágica edad entre estar solicitado y disponible.

En cuanto conduje fuera del parking de la oficina y me uní a la hora punta de la tarde, empecé a sentirme culpable por haber sido tan brusco con Carla. Al fin y al cabo, ser la otra no era algo que le gustara especialmente. El sentimiento de culpabilidad no se iba, así que en cuanto llegué a la esquina de Sloane Square, me bajé del coche y crucé la calle.

—Una docena de rosas —dije, mientras manipulaba mi cartera.

Un hombre, cuyos ingresos seguramente dependían de los amantes, seleccionó doce capullos cerrados sin decir nada. Mi elección no hacía gala de una gran imaginación, pero al menos Carla sabría que lo había intentado.

Seguí conduciendo en dirección a su apartamento con la esperanza de que todavía no se hubiera ido a casa de su hermana, de que incluso tuviera algo de tiempo para una copa rápida. Entonces recordé que ya le había dicho a mi mujer que iba camino de casa. Unos cuantos minutos de retraso podían justificarse con un atasco, pero esa pobre excusa no me serviría para una copa.

Cuando llegué a casa de Carla tuve los problemas habituales para encontrar aparcamiento hasta que vi un hueco en el que podía encajar un Rover justo en frente de la papelería. Me paré y, ya a punto de meterme marcha atrás, vi un hombre saliendo de la entrada de su edificio. No le habría prestado mucha más atención si Carla no hubiera aparecido justo detrás de él unos segundos más tarde. Allí estaba ella, de pie, en el portal, con un ligero salto de cama azul. Se inclinó para darle a su visitante un beso de despedida que difícilmente podría calificarse de casto. En cuanto cerró la puerta, conduje hasta la vuelta de la esquina y aparqué en doble fila.

Observé al hombre a través del espejo retrovisor mientras cruzaba la calle, entraba en la papelería y, unos segundos después, reaparecía con el periódico de la tarde y lo que parecía un paquete de cigarrillos. Fue andando hasta su coche, un BMW azul, y se detuvo para quitar una multa de aparcamiento del parabrisas por la que parecía maldecir. ¿Cuánto tiempo había estado el BMW allí? Incluso empiezo a preguntarme si no habría estado con Carla cuando me llamó para decirme que no fuera a verla.

El hombre se subió al BMW, se abrochó el cinturón de seguridad y encendió un cigarrillo antes de ponerse en marcha. Decidí quedarme con su plaza como parte del pago por mi chica. Ni siquiera me planteé si era un intercambio justo o no. Miré calle arriba y calle abajo, como siempre hacía, antes de salir y caminar hacia el bloque de pisos. Ya había anochecido y nadie se fijó en mí. Pulsé el timbre marcado con «Moorland».

Cuando Carla abrió la puerta del edificio, me recibió con una amplia sonrisa que pronto se convirtió en un ceño fruncido para volver deprisa a una sonrisa. La primera sonrisa debía de ser para el tipo del BMW. Siempre me había preguntado por qué no me daba una llave de la puerta de entrada. Clavé mi mirada en esos ojos azules que tanto me cautivaron hacía unos meses. A pesar de su sonrisa, sus ojos ahora transmitían una frialdad que jamás había visto antes. Se giró para volver a abrir la puerta de su apartamento en la planta baja. Veo que, bajo la bata, llevaba el *negligé* burdeos que le regalé en Navidades. Una vez dentro, me sorprendo a mí mismo estudiando aquella habitación que tan bien conocía. En la mesa de cristal del centro estaba la taza de Snoopy que yo solía utilizar, vacía. A su lado, la taza de Carla, también vacía, y una docena de rosas en un jarrón. Estaban empezando a abrirse.

Siempre me ha costado contenerme y la simple visión de aquellas flores hizo imposible que ocultara mi ira.

—¿Y quién era el hombre que se acaba de ir? —pregunté.

—Un corredor de seguros —respondió, quitando las tazas de la mesa.

—¿Y qué te estaba asegurando exactamente? —repliqué—. ¿Tu vida amorosa?

—¿Por qué asumes automáticamente que se trata de mi amante?

Su voz empezó a aumentar de volumen.

—¿Sueles tomar café con un corredor de seguros en *negligé*? Dicho sea de paso, mi *negligé*.

—Me tomo café con quien me da la gana —dijo—, y me pongo lo que me apetece, sobre todo cuando tú estás de camino a casa, donde te espera tu mujer.

—Pero yo quería venir a verte...

—Para luego volver con tu mujer. De todas formas, no paras de decirme que debería vivir mi vida y no depender de ti —añadió, un argumento que Carla solía utilizar cuando tenía algo que ocultar.

—Sabes que no es tan fácil.

—Ya sé que a ti te vale con poder meterte en mi cama cuando te place. Para eso es para lo único que sirvo, ¿no?

—Eso no es justo.

—¿Justo? ¿Acaso no estabas esperando al habitual de las seis para así poder estar de vuelta en casa a las siete, justo a tiempo para la cena con Elizabeth?

—¡Hace años que no me acuesto con mi mujer! —grité.

—Eso porque tú lo dices —me escupió con desprecio.

—Siempre te he sido fiel.

—Lo que significa que yo tengo que serlo contigo, supongo.

—Deja de comportarte como una puta.

De los ojos de Carla salían rayos mientras se me acercaba y me dio un bofetón con todas sus fuerzas.

Todavía estaba un poco desubicado cuando levantó la mano una segunda vez, pero conseguí bloquearla en pleno vuelo e, incluso, tuve tiempo de empujarla contra la repisa. Se recuperó deprisa y volvió a arremeter contra mí.

En un momento de furia descontrolada, justo cuando estaba a punto de abalanzarse sobre mí, cerré el puño y traté de pegarle. La golpeé en un lateral del mentón y salió despedida por el impacto. La vi estirar un brazo para parar la caída, pero antes de que pudiera incorporarse y contraatacar, me giré y me fui corriendo, cerrando la puerta del apartamento de un portazo a mis espaldas.

Crucé el vestíbulo a toda prisa, salí a la calle, me metí en el coche y aceleré. No habría podido aguantar ni diez minutos más con ella. Aunque en aquellos momentos tenía ganas de matarla, para cuando llegué a casa, ya estaba arrepentido de haberle pegado. Estuve a punto de volver en dos ocasiones. Todo lo que había dicho era verdad y me preguntaba si debería llamarla desde casa. Aunque solo hacía unos meses que Carla y yo éramos amantes, debería haber sabido lo mucho que me importaba.

Si Elizabeth tenía intención de comentar algo sobre el hecho de que había llegado tarde, se le olvidó en cuanto le di las rosas. Empezó a ponerlas en un jarrón mientras yo me servía un *whisky* doble.

Esperaba algún comentario, ya que rara vez bebía antes de la cena, pero parecía más preocupada por sus flores. Aunque ya había decidido llamar a Carla para intentar hacer las paces, pensé que era mejor no hacerlo desde casa. En cualquier caso, si esperaba al día siguiente a volver a la oficina, quizá se habría calmado un poco.

Me desperté temprano al día siguiente, pero me quedé en la cama, intentando decidir cómo debería disculparme. Al final opté por invitarla a comer en el pequeño bistró francés que tanto le gustaba, a medio camino entre su oficina y la mía. A Carla siempre le había agradado verme durante el día, cuando sabía que no habría sexo. Después de afeitarme y vestirme, me uní a Elizabeth para desayunar y, al ver que no había nada interesante en la portada, pasé directamente a las páginas de economía. Las acciones de la empresa habían vuelto a caer debido a las previsiones de la City de unos bajos beneficios trimestrales. Sin duda, el valor de nuestras acciones iba a perder millones por culpa de semejante mala publicidad. Ya sabía que, cuando se publicaran las cuentas anuales, sería un milagro si la compañía no acababa declarando pérdidas.

Después de engullir una segunda taza de café, le di un beso a mi mujer en la mejilla y me fui a buscar el coche. Fue entonces cuando decidí dejar una nota en el buzón de Carla para no tener que pasar por el bochorno de una llamada telefónica.

«Perdóname», escribí. «Marcel's, a la una en punto. *Sole Véronique* en viernes. Te quiere, Casaneva». Rara vez le había escrito a Carla y, cuando lo había hecho, firmaba con el apodo que me había puesto.

Me desvié un poco para pasar por su casa, pero acabé atrapado en un atasco. A medida que me fui acercando al apartamento, pude ver que la retención estaba provocada por algún tipo de accidente. Tenía que ser bastante serio porque había una ambulancia bloqueando el otro carril de la calle, retrasando el flujo de los coches que venían en dirección contraria. La policía de tráfico estaba intentando ayudar, pero lo único que conseguían era ralentizar las cosas aún más. Era obvio que iba a resultar imposible aparcar cerca del apartamento de Carla, así que me resigné a llamarla desde la oficina. No es que me emocionara la idea.

Me sentí mal un poco después, cuando pude ver que la ambulancia estaba aparcada a tan solo unos metros de la puerta de su bloque de apartamentos. Sabía que estaba siendo irracional, pero empecé a temerme lo peor. Intenté convencerme a mí mismo de que probablemente era un accidente de tráfico y que no tenía nada que ver con Carla.

Entonces vi el coche de la policía aparcado detrás de la ambulancia.

Cuando pasé por delante de los dos vehículos, vi que la puerta del apartamento de Carla estaba abierta de par en par. Un hombre con una bata blanca larga salió corriendo y abrió la puerta trasera de la ambulancia. Detuve el coche para observar con más detenimiento qué estaba pasando con la esperanza de que el hombre detrás de mí no se impacientara demasiado. Los conductores que venían en la otra dirección levantaron una mano para agradecerme que les dejara pasar. Pensé que podría cederle el paso como a una docena antes de que alguien empezara a quejarse. El policía de tráfico ayudó pidiendo que aceleraran.

Entonces una camilla apareció al fondo del pasillo. Dos enfermeros uniformados sacaron a la calle un cuerpo envuelto y lo introdujeron en la parte de atrás de la ambulancia. No le pude ver la cara porque la llevaba tapada con una sábana, pero un tercer hombre, que solo podía ser un detective, caminaba justo detrás de la camilla. Llevaba una bolsa de plástico, dentro de la cual podía distinguir algo rojo, que me temía que podía ser el *negligé* que le había regalado a Carla.

Vomité el desayuno sobre el asiento del acompañante para luego acabar con la cabeza apoyada en el volante. Unos instantes después, cerraron la puerta de la ambulancia, encendieron la sirena y el policía de tráfico empezó a hacerme señales para que avanzara. La ambulancia salió a toda velocidad y el hombre tras de mí empezó a hacer sonar su claxon. Después de todo, solo era un inocente transeúnte. Avancé dando tumbos y luego fui incapaz de recordar nada de lo que había sucedido durante el trayecto a la oficina.

Cuando llegué al aparcamiento del edificio, limpié el asiento del acompañante lo mejor que pude y dejé la ventanilla abierta antes de coger el ascensor hasta el baño de la séptima planta. Rompí en mil pedazos la invitación a comer para Carla, la lancé a la taza del váter y tiré de la cisterna. Entré en mi despacho de la duodécima planta pasadas las ocho treinta para encontrar al director ejecutivo andando de arriba para abajo frente a mi mesa, obviamente esperándome. Había olvidado que era viernes y que siempre esperaba que tuviera preparadas las últimas cifras para que les echara un vistazo.

Resulta que ese viernes también quería las cuentas proyectadas para los meses de mayo, junio y julio. Le prometí que las tendría en su mesa al mediodía. Lo único que necesitaba era una mañana tranquila y no era algo que fuera a pasar.

Cada vez que sonaba el teléfono, se abría la puerta o, incluso, alguien me hablaba, se me paraba el corazón porque asumía que solo podía ser la policía. Para las doce ya había terminado una especie de informe para el director ejecutivo, pero sabía que no le parecería ni adecuado ni exacto. En cuanto le entregué los papeles a su secretaria, me fui a almorzar. Sabía que no sería capaz de tragar nada, pero, al menos, podría comprar la primera edición del *Standard* y ver si habían publicado algo sobre la muerte de Carla.

Me senté en la esquina de mi pub habitual, donde sabía que nadie me podría ver desde detrás de la barra. Con un zumo de tomate a mi lado, empecé a pasar sin prisa las páginas del periódico.

No aparecía en la portada. Tampoco en la segunda, ni en la tercera, ni en la cuarta página. Pero en la quinta le dedicaban un pequeño párrafo. «La señorita Carla Moorland, de 31 años, ha sido hallada muerta en su casa de Pimlico a primeras horas de esta mañana». Recuerdo pensar en ese momento que no habían puesto su edad bien. «El inspector Simmons, al que se le ha asignado el caso, ha declarado que se está llevando a cabo una investigación y que están a la espera del informe del forense, pero que, por el momento, no tienen motivos para sospechar de que se trate de un asesinato».

Después de leer la noticia incluso fui capaz de beber un poco de sopa y comerme un rollito. Una vez leído el artículo por segunda vez, puse rumbo al aparcamiento de la oficina y me senté en mi coche. Bajé la otra ventanilla delantera para que entrara algo más de aire antes de encender la radio para escuchar las noticias en *World At One*. Ni siquiera mencionaron a Carla. En la era de las armas recortadas, las drogas, el sida y los robos de lingotes de oro, la muerte de una asistente personal industrial de treinta y dos años ha pasado desapercibida para la BBC.

Volví a la oficina, donde me encontré un memorándum con una serie de preguntas con las que contraatacaba el director ejecutivo, con las que me dejaba bastante claro lo que pensaba sobre mi informe. Pude responder la mayoría de ellas y devolvérselas a su secretaria antes de salir de la oficina para volver a casa, a pesar de haberme pasado casi toda la tarde intentando convencerme a mí mismo de que fuera lo que fuera lo que había provocado la muerte de Carla debía de haber sucedido después de que yo me fuera y no tenía nada que ver con el hecho de que le pegara. Pero aquel *negligé* rojo no se me iba de la cabeza. ¿Habría alguna forma de que lo relacionaran conmigo? Un artículo de lujo que había comprado en Harrods, pero del que estaba seguro que no podía ser exclusivo y que había sido el único regalo serio que le había hecho. ¿Pero y la nota que iba con él? ¿La habría destruido Carla? ¿Serían capaces de descubrir quién era Casaneva?

Aquella tarde conduje directamente a casa, consciente de que jamás podría volver a pasar por la calle en la que vivía Carla. Escuché el programa PM hasta el final en la radio del coche y, en cuanto llegué, puse las noticias de las seis. Cambié a Channel Four a las siete y luego de vuelta a la BBC a las nueve. Volví a ITV a las diez e, incluso, acabé viendo *Newsnight*.

La muerte de Carla, en su opinión editorial combinada, debía de ser menos importante que el resultado del partido de la tercera división entre el Reading y el Walsall. Elizabeth siguió leyendo el último libro que había sacado de la biblioteca, ajena a mi posible peligro.

Aquella noche, dormí a ratos y, por la mañana, en cuanto oí el sonido del papel en el buzón de la entrada, bajé corriendo las escaleras para leer los titulares.

«DUKAKIS HA SIDO NOMBRADO CANDIDATO», me saludó desde la portada del *The Times*.

Me sorprendí a mí mismo preguntándome, de forma totalmente irrelevante, si alguna vez conseguiría ser presidente. No me parecía que «Presidente Dukakis» sonara bien.

Cogí el *Daily Express* de mi mujer y un titular de tan solo tres palabras copaba la parte superior de la página: «EL ASESINATO DE LA PELEA DE AMANTES».

Mis piernas cedieron y terminé de rodillas. Seguramente la imagen debió de resultar algo extraña, allí, tirado en el suelo, intentando leer el párrafo de apertura. Fui incapaz de descifrar el segundo párrafo sin las gafas. Subí corriendo las escaleras con los papeles en la mano y cogí las gafas de la mesilla de noche junto a mi lado de la cama. Elizabeth seguía profundamente dormida. Por si acaso, me encerré en el cuarto de baño, donde podía leer el artículo con calma y sin miedo a que me interrumpieran.

La policía investiga ahora como asesinato la muerte de la bella secretaria de Pimlico, Carla Moorland, de 32 años, que fue hallada muerta en su apartamento ayer por la mañana. El inspector Simmons de Scotland Yard, encargado del caso, consideró inicialmente la muerte de Carla Moorland como producida por causas naturales, pero los rayos X han revelado un mandíbula rota que podría haber sido resultado de una pelea.

El 19 de abril se llevará a cabo una indagatoria.

La asistenta de la señorita Moorland, María Lucía (48), declaró en exclusiva a Express que su empleadora se encontraba con un amigo cuando se fue de su apartamento a las cinco de la tarde en cuestión. Otra testigo, la señora Rita Johnson, que vive en el bloque de apartamentos adyacente, afirmó que había visto un hombre saliendo del piso de la señorita Moorland en torno a las seis, antes de entrar en la papelería de enfrente y marcharse en su vehículo. La señora Johnson añadió que no estaba segura del modelo de coche, pero que bien podría ser un Rover…

—¡Oh, Dios mío! —exclamé con tal fuerza que me preocupó haber despertado a Elizabeth.

Me afeité y duché deprisa, intentando decidir cómo proceder. Ya estaba vestido y preparado para irme a trabajar incluso antes de que mi mujer se despertara. Le di un beso en la mejilla, pero ella se limitó a darse la vuelta, así que le escribí una nota, que dejé en su lado de la cama, explicándole que tenía que irme a la oficina para terminar un informe importante.

Camino de la oficina, ensayé lo que iba a decir. Lo repetí una y otra vez. Llegué a la duodécima planta un poco antes de las ocho y dejé mi puerta medio abierta para poder detectar la más mínima intrusión. Estaba seguro de que tendría unos quince minutos de tranquilidad antes de que alguien más llegara.

Repasé una vez más lo que tenía que decir. Encontré el número en el directorio de L–R y lo anoté en un bloc frente a mí antes de escribir cinco ideas en mayúsculas, algo que solía hacer antes de una reunión de la junta directiva.

PARADA DE AUTOBÚS
ABRIGO
NÚM. 19
BMW
MULTA

Entonces marqué el número.

Me quité el reloj y lo puse delante de mí. Había leído en alguna parte que la ubicación de una llamada telefónica podía rastrearse en unos tres minutos.

Una voz femenina dijo:

—Scotland Yard.

—¿Podría hablar con el inspector Simmons, por favor? —fue todo lo que fui capaz de articular.

—¿Quién le digo que le llama?

—Preferiría no dar mi nombre.

—Por supuesto, señor —dijo, evidentemente acostumbrada a este tipo de llamadas.

Otro tono de llamada. Se me secó la boca en cuando una voz masculina anunció:

—Simmons.

Era la primera vez que oía hablar al detective. Me sorprendió mucho que un hombre con un apellido tan inglés pudiera tener un acento de Glasgow tan marcado.

—¿En qué puedo ayudarlo? —preguntó.

—Quizá sea yo el que pueda ayudarlo a usted —dije con un tono considerablemente más bajo de mi tono habitual.

—¿Y en qué puede ayudarme, señor?

—¿Es usted el detective encargado del caso de la tal Carla esa?

—Así es. Pero, ¿en qué puede ayudarme? —repitió.

La segunda manecilla indicaba que ya había transcurrido un minuto.

—Vi un hombre saliendo de su apartamento aquella noche.

—¿Dónde se encontraba exactamente?

—En la parada de autobús, en la misma acera.

—¿Me podría describir a ese hombre?

El tono de Simmons era tan casual como el mío.

—Alto. Diría que como un metro ochenta, dos metros. Fornido. Llevaba puesto uno de esos abrigos pijos, ya sabe, esos abrigos negros con cuello de terciopelo.

—¿Y cómo puede estar tan seguro de cómo era el abrigo? —preguntó el detective.

—Tenía tanto frío allí, esperando el 19, que me habría encantado tener un abrigo como ese.

—¿Recuerda algo concreto que sucediera después de que saliera del apartamento?

—Solo que entró en la papelería de enfrente antes de coger su coche e irse.

—Sí, eso ya lo sabemos —dijo el detective—. Y por casualidad no recordará la marca del coche, ¿verdad?

Ya habían pasado dos minutos y empecé a mirar la segunda manecilla más de cerca.

—Creo que era un BMW —dije.

—¿Y recuerda el color?

—No, estaba demasiado oscuro para eso —hice una pausa—, pero lo vi tirar una multa de aparcamiento por la ventanilla, así que no debería ser demasiado difícil localizarlo.

—¿Y a qué hora sucedió todo eso?

—Entre las seis y cuarto, y las seis y media, inspector —dije.

—¿Y podría decirme...?

Dos minutos cincuenta y ocho segundos. Colgué. Todo mi cuerpo se cubrió de sudor.

—Me alegra verte en la oficina un sábado por la mañana —dijo el director ejecutivo con expresión seria mientras cruzaba mi puerta—. En cuanto acabes con lo que sea que estés haciendo, me gustaría hablar contigo.

Me levanté de mi mesa y lo seguí por el pasillo hasta su oficina. Durante la siguiente hora, repasó mis cifras previstas, pero, por mucho que lo intentara, era incapaz de concentrarme. No tardó mucho en parar, tratando de ocultar su impaciencia.

—¿Qué te ronda la cabeza? —preguntó mientras cerraba su carpeta —. Pareces preocupado.

—Nada —insistí—, es solo que he hecho muchas horas extra últimamente.

Me puse en pie para irme.

Cuando volví a mi despacho, quemé el trozo de papel con las cinco ideas y me fui a casa. En la primera edición del periódico de la tarde, la historia de la «pelea de amantes» ya había pasado a la séptima página. No tenían nada nuevo de lo que informar.

El resto del sábado parecía interminable, hasta que el *Sunday Express* de mi mujer por fin me trajo algo de calma.

«Según informaciones recibidas sobre el asesinato de la "pelea de amantes" de Carla Moorland, un hombre estaría ayudando a la policía en sus investigaciones». Aquella expresión corriente que tanto había oído en el pasado, de repente, se hizo muy real.

Le eché un vistazo a los periódicos del domingo, escuché todos los boletines de noticias y vi todos los telediarios de la televisión. Cuando mi mujer empezó a sentir curiosidad, le expliqué que por la oficina corría el rumor de que iban a volver a comprar la empresa, lo que significaría que podría perder mi trabajo.

El lunes por la mañana, el *Daily Express* identificó al hombre del «asesinato de la pelea de amantes» como Paul Menzies (51), un corredor de seguros de Sutton. Su mujer estaba en el hospital de Epsom bajo sedación mientras que él había sido arrestado y se encontraba en la prisión de Brixton. Empezaba a preguntarme si el señor Menzies le habría dicho la verdad a Carla sobre su mujer y cuál podría ser su «apodo». Me serví un café bien cargado y me fui a la oficina.

Más tarde aquella misma mañana, Menzies fue llevado ante los magistrados del tribunal de Horseferry Road, acusado del asesinato de Carla Moorland. El *Standard* me tranquilizó con la noticia de que la policía había conseguido que no fijaran fianza.

Según parece, se necesitan unos seis meses para que un caso de esa gravedad llegue al Old Bailey. Paul Menzies pasó todos esos meses en prisión preventiva en la prisión de Brixton. Yo me pasé ese mismo tiempo con miedo a cada llamada telefónica, cada golpe en la puerta, cada visita inesperada. Cada uno creó su propia pesadilla. La gente inocente no tiene ni idea de cuántas veces al día se producen incidentes como esos. Fui sacando adelante mi trabajo como pude sin dejar de preguntarme si Menzies conocía mi relación con Carla, si sabía mi nombre o incluso si conocía mi existencia.

Un par de meses antes de la fecha fijada para el juicio, tuvo lugar la junta general anual de la empresa. Por mi parte, hice bastante contabilidad creativa para producir una serie de cifras que indicaran que no estábamos generando ningún tipo de beneficios. Evidentemente, aquel año no repartimos dividendos.

Salí de la reunión aliviado, casi eufórico. Habían pasado seis meses desde la muerte de Carla y no se había producido ningún incidente durante todo ese tiempo que pudiera sugerir que alguien sospechara incluso de que la conocía, mucho menos que fuera el causante de su muerte. Todavía me sentía culpable por Carla, incluso la echaba de menos, pero tras seis meses ya era capaz de enfrentarme al día sin miedo a hurgar en mi mente. Extrañamente, no me sentía para nada culpable por la situación de Menzies. Después de todo, no era más que el instrumento que me iba a salvar de toda un vida en la cárcel. Así que cuando llegó el golpe, el impacto fue doble.

Era 26 de agosto —jamás lo olvidaré— cuando recibí una carta que hizo que me diera cuenta de que sería necesario seguir cada palabra de aquel juicio. Por mucho que intentara convencerme a mí mismo de que debería explicar por qué no podía hacerlo, sabía que no sería capaz de resistirme.

Aquella misma mañana, un viernes —supongo que este tipo de cosas siempre suceden en viernes—, me llamaron para lo que supuse que sería una reunión semanal rutinaria con el director ejecutivo, solo para decirme que la empresa ya no me necesitaba.

—Francamente, durante los últimos meses, tu trabajo ha ido de mal en peor —me dijo.

No me sentí capaz de disentir.

—Así que no me has dejado más alternativa que sustituirte.

Una manera elegante de decir «Estás despedido».

—Tu mesa debe estar libre para las cinco de esta tarde —siguió el director ejecutivo—, hora a la que se te entregará un cheque del departamento de contabilidad por un valor de 17 500 libras.

Arqueé una ceja.

—Seis meses de sueldo, tal como estipula el contrato que firmaste al entrar en la empresa —explicó.

Cuando el director ejecutivo me ofreció su mano, no fue precisamente para desearme buena suerte, sino para pedirme las llaves de mi Rover.

Recuerdo lo primero que pensé cuando me informó de su decisión: al menos no tendría problemas para asistir al juicio todos los días.

Elizabeth no se tomó la noticia de mi despido especialmente bien, pero se limitó a preguntarme qué planes tenía para encontrar otro trabajo. Durante el mes siguiente fingí buscar un nuevo puesto en otra empresa, pero me di cuenta de que no sería capaz de centrarme en nada hasta que acabara el caso.

La mañana del juicio, todos los periódicos populares tenían artículos pintorescos. Incluso el *Daily Express* recogía en su portada una foto bastante favorecedora de Carla en bañador en la playa de Marbella. Me pregunté cuánto le habrían pagado a su hermana de Fulham por aquella imagen. Al lado, había una foto de Paul Menzies en la que parecía un auténtico convicto.

Estuve entre los primeros a los que se les comunicó en qué sala del Old Bailey tendría lugar el juicio de la Corona contra Menzies. Un policía uniformado me dio información detallada y, junto con otros, puse rumbo a la sala 4.

Una vez allí, me presenté y me aseguré de sentarme al final de mi fila. Miré a mi alrededor con la impresión de que todo el mundo me estaba mirando, pero, por suerte, nadie parecía mostrar el más mínimo interés.

Tenía visión directa del acusado, de pie, en el banquillo de los acusados. Menzies era un hombre frágil que parecía haber perdido recientemente mucho peso. Los periódicos decían que tenía cincuenta y uno, pero aparentaba unos setenta. Empecé a preguntarme cuánto habría envejecido yo mismo en esos últimos meses.

Menzies llevaba puesto un elegante traje azul marino que le quedaba algo ancho, una camisa limpia y lo que pensé que era una corbata militar. Con su escaso pelo canoso hacia atrás y un pequeño bigote plateado, tenía un aire muy marcial. Desde luego no parecía un asesino ni tampoco un buen partido como amante, pero seguramente esa misma habría sido la conclusión de todo aquel que me mirara a mí. Oteé el mar de rostros de la sala en busca de la señora Menzies, pero nadie allí se ajustaba a la descripción de ella que se había publicado en el periódico.

Todos nos pusimos en pie cuando el juez Buchanan entró.

—La Corona contra Menzies —leyó en voz alta el secretario judicial.

El juez se inclinó para decirle a Menzies que ya podía sentarse y luego se giró despacio hacia la tribuna del jurado.

Explicó que, aunque se había producido un considerable interés por parte de la prensa, su opinión era la que realmente importaba porque solo a ellos se les pediría que decidieran si el prisionero era culpable o inocente del cargo de asesinato. También aconsejó al jurado que no leyeran ningún artículo de prensa sobre el juicio ni tuvieran en cuenta las opiniones de los demás al respecto, sobre todo de aquellos que ni siquiera habían estado presentes en la sala, personas que, según dijo, solían ser los primeros en tener opiniones inmutables sobre cuál debería ser el veredicto. Siguió recordando al jurado la importancia de centrarse en las pruebas porque era la vida de un hombre la que estaba en juego. Me sorprendí a mí mismo asintiendo con la cabeza.

Miré a mi alrededor con la esperanza de que no hubiera allí nadie que me pudiera identificar. Los ojos de Menzies permanecían fijos en el juez, que en esos momentos se estaba girando en dirección al fiscal principal.

En cuanto el letrado Humphrey Mountcliff se puso en pie, le di gracias a Dios que fuera contra Menzies y no contra mí. Aquel hombre de considerable altura, frente alta y pelo plateado dominaba la sala no solo con su presencia física sino también con una voz cuanto menos autoritaria.

Pasó el resto de la mañana exponiendo los argumentos de la acusación ante una concurrencia en silencio. Su mirada rara vez se apartó de la tribuna del jurado excepto en contadas ocasiones para consultar sus notas.

Reconstruyó los acontecimientos en función de cómo se imaginaba él lo que había sucedido aquella tarde de abril.

El discurso de apertura duró dos horas y media, menos de lo que esperaba. A continuación, el juez sugirió una pausa para almorzar y nos pidió que estuviéramos todos de vuelta en nuestros asientos a las dos y diez.

Tras la comida, el fiscal Mountcliff llamó a su primer testigo, el detective Simmons. Fui incapaz de mirar directamente al policía mientras presentaba las pruebas. Cada una de sus respuestas parecía estar dirigidas a mí personalmente. Me preguntaba si sospechaba desde el principio que había otro hombre. Simmons daba una imagen muy profesional mientras describía con detalle cómo encontraron el cuerpo y luego llegaron hasta Menzies a través de dos testigos y la condenatoria multa de aparcamiento. Para cuando el señor Mountcliff se sentó, pocos de los presentes tendrían dudas de que Simmons hubiera arrestado al hombre correcto.

El abogado defensor de Menzies, que se levantó para contrainterrogar al detective, no podía ser más diferente al fiscal. El letrado Robert Scott era bajito y fornido, con gruesas y frondosas cejas. Hablaba despacio y sin entonación. Me alegró comprobar que un miembro del jurado estaba teniendo dificultades para mantenerse despierto.

Durante los siguientes veinte minutos, Scott repasó meticulosamente las pruebas con el detective, pero fue incapaz de hacer que Simmons se retractara de nada importante. Cuando el inspector se bajó del estrado, me sentí lo bastante seguro de mí mismo como para mirarlo directamente a los ojos.

El siguiente testigo era el forense del Estado, el doctor Anthony Mallins que, tras responder unas cuentas preguntas preliminares para establecer sus estatus profesional, pasó a responder una pregunta del señor Mountcliff que pilló a todos por sorpresa. El patólogo informó al tribunal de que había claras evidencias que sugerían que la señorita Moorland había mantenido relaciones sexuales poco antes de su muerte.

—¿Cómo puede estar tan seguro, doctor Mallins?

—Porque encontré trazos de sangre del grupo B en la parte superior del muslo de la fallecida y el grupo sanguíneo de la señorita Moorland es el O. También había rastros de fluido seminal en el camisón que llevaba puesto en el momento de su muerte.

—¿Son grupos sanguíneos habituales? —preguntó el fiscal Mountcliff.

—El grupo O es habitual —admitió el doctor Mallins—, pero el grupo B es bastante inusual.

—¿Y cuál diría que fue la causa de la muerte? —preguntó de nuevo.

—Un golpe o golpes en la cabeza, que le provocó la rotura de la mandíbula y laceraciones en la base del cráneo posiblemente provocadas por un objeto contundente.

Quería levantarme y decir «¡Y yo puedo decirle cuál!» cuando el señor Mountcliff dijo:

—Gracias, doctor Mallins. No hay más preguntas. Por favor, no se levante.

El señor Scott trató al doctor con mucho más respeto de lo que lo había hecho con el inspector Simmons, a pesar del que Mallins era un testigo de la acusación.

—¿El golpe en la parte trasera de la cabeza de la señorita Moorland podía haber sido provocado por una caída? —preguntó.

El forense dudó.

—Posiblemente —aceptó—, pero eso no explicaría la mandíbula rota.

El señor Scott ignoró el comentario y siguió adelante.

—¿Qué porcentaje de personas del Reino Unido pertenecen al grupo B?

—Entre un cinco y un seis por ciento —respondió el doctor.

—Es decir, dos millones y medio de personas —afirmó el señor Scott, dejando algo de tiempo para procesar la cifra antes de cambiar, de repente, de asunto.

Pero por mucho que lo intentó, el patólogo no cambió la hora de la muerte ni el hecho de que Carla hubiera mantenido relaciones sexuales en torno a la hora en la que su cliente estuvo con ella.

Cuando el señor Scott volvió a su asiento, el juez le preguntó al fiscal Mountcliff si deseaba volver a interrogarlo.

—Sí, señoría. Doctor Mallins, ha dicho al tribunal que la señorita Moorland sufrió una rotura de mandíbula y laceraciones en la base del cráneo. ¿Esas laceraciones podrían haber sido provocadas por la caída sobre un objeto contundente tras romperse la mandíbula?

—Protesto, señoría —dijo el señor Scott, levantándose con inusual velocidad —. Esa es una pregunta capciosa.

El juez Buchanan se inclinó hacia delante y miró al doctor.

—Estoy de acuerdo, señor Scott, pero me gustaría saber si el doctor Mallins encontró sangre del grupo O u sangre de la señorita Moorland en algún otro objeto de la habitación.

—Sí, señoría —respondió el forense—. En el borde de la mesa de cristal que había en el centro de la habitación.

—Gracias, doctor Mallins —dijo el fiscal Mountcliff—. No hay más preguntas.

El siguiente testigo de la acusación era la señora Rita Johnson, la mujer que aseguraba haber visto todo.

—Señora Johnson, la tarde del 7 de abril, ¿vio salir a un hombre del bloque de apartamentos en el que vivía la señorita Moorland? —preguntó Mountcliff.

—Sí, señor, lo vi.

—¿Y sobre qué hora fue eso?

—Unos minutos después de las seis.

—Dígale al tribunal qué pasó a continuación.

—Cruzó la calle, tiró una multa de aparcamiento, entró en su coche y se fue.

—¿Y ve a ese hombre aquí hoy?

—Sí —dijo con seguridad, apuntando a Menzies, que negaba con la cabeza enérgicamente ante su sugerencia.

—No hay más preguntas.

El señor Scott se volvió a levantar despacio.

—¿Y a qué marca de coche dijo que subió el hombre?

—No estoy segura —dijo la señora Johnson—, pero creo que era un BMW.

—¿Y no un Rover, como dijo a la policía a la mañana siguiente?

La testigo no respondió.

—¿Y vio al hombre en cuestión quitar esa multa de aparcamiento del parabrisas del coche? —preguntó el señor Scott.

—Eso creo, señor, pero todo pasó tan deprisa.

—No me cabe la menor duda de que fue así —respondió el abogado—. De hecho, es posible que sucediera tan deprisa que se esté equivocando de hombre y de coche.

—No, señor —afirmó, pero sin la misma convicción con la que había respondido a las preguntas anteriores.

El fiscal no volvió a interrogar a la señora Johnson. Me di cuenta de que quería que el jurado olvidara su declaración lo antes posible. Para cuando se bajó del estrado, todo el mundo en la sala albergaba serias dudas.

La asistenta de Carla, María Lucía, fue mucho más convincente. Afirmó sin lugar a dudas que había visto a Menzies en el salón del apartamento esa misma tarde cuando llegó un poco antes de las cinco. No obstante, como ella misma admitió, nunca lo había visto antes de aquel día.

—¿Pero no es verdad —preguntó el fiscal— que, por lo general, solo trabajaba por la mañana?

—Sí —respondió—, pero la señorita Moorland tenía la costumbre de llevarse trabajo a casa los jueves por la tarde, y a mí me venía bien pasarme y recoger mi paga.

—¿Y qué llevaba puesto la señorita Moorland aquella tarde? —preguntó Mountcliff.

—Su bata azul —respondió la asistenta.

—¿Es así como solía vestir los jueves por la tarde?

—No, señor, pero supuse que se iba a dar un baño antes de salir esa noche.

—¿Y cuando salió del apartamento seguía con el señor Menzies?

—Sí, señor.

—¿Recuerda algo más de lo que llevara puesto ese día?

—Sí, señor. Bajo la bata llevaba un *negligé* rojo.

Mi *negligé* fue presentado como prueba y María Lucía lo identificó. En ese punto, miré directamente a la testigo, pero no parecía reconocerme en absoluto. Les di las gracias a todos los dioses del Olimpo por no haber visitado ni una sola vez a Carla por la mañana.

—Por favor, no se levante —fueron las últimas palabras que el señor Mountcliff dirigió a la señorita Lucía.

El señor Scott se levanto para contrainterrogar.

—Señorita Lucía, ha dicho ante este tribunal que el fin de su visita era cobrar su salario. ¿Cuánto tiempo permaneció en el apartamento en esa ocasión?

—Limpié un poco la cocina y planché una blusa, así que supongo que unos veinte minutos.

—¿Vio a la señorita Moorland durante todo ese tiempo?

—Sí, entré en el salón para preguntarle si quería más café, pero me dijo que no.

—¿Estaba el señor Menzies con ella en ese momento?

—Sí, lo estaba.

—¿Presenció alguna riña entre ellos u oyó que se gritaran?

—No, señor.

—Cuando los vio juntos, ¿la señorita Moorland mostró algún signo de sentirse en peligro o de necesitar ayuda?

—No, señor.

—Entonces, ¿qué pasó?

—La señorita Moorland se unió a mí en la cocina unos minutos después, me entregó mi salario y me fui.

—Mientras estuvo a solas en la cocina con la señorita Moorland, ¿parecía preocupada por su invitado?

—No, señor.

—No hay más preguntas, señoría.

El fiscal Mountcliff no volvió a interrogar a María Lucía e informó al juez de que eso era todo por parte de la acusación. El juez Buchanan asintió con la cabeza y dio por terminada la sesión. En cuanto a mí, no estaba muy seguro de que aquello hubiera sido suficiente como para condenar a Menzies.

Cuando volví a casa esa noche, Elizabeth ni siquiera me preguntó dónde había estado y yo preferí no darle ninguna información. Me pase el resto del día fingiendo revisar ofertas de empleo.

A la mañana siguiente, desayuné tarde y leí los periódicos antes de volver a mi lugar al final de mi fila de la sala número 4 unos segundos antes de que el juez hiciera acto de presencia.

El juez Buchanan, una vez sentado, se ajustó la peluca antes de pedir al señor Scott que abriera el caso para la defensa. El abogado Scott, una vez más, se levantó despacio. «Está claro que cobra por horas», pensé con cierta dureza. Empezó prometiendo al tribunal que su discurso de apertura sería breve para luego mantenerse en pie durante las siguientes dos horas y media.

Abrió el caso por la defensa repasando detenidamente las partes relevantes, tal como las veía él, del pasado de Menzies. Nos aseguró que todos aquellos que quisieran diseccionarlos posteriormente no encontrarían más que un historial intachable. Paul Menzies era un hombre felizmente casado que vivía en Sutton con su mujer y sus tres hijos: Polly, de veintiún años; Michael, de diecinueve; y Sally de dieciséis. Dos de sus hijos estaban ya en la universidad y la más joven acababa de terminar la secundaria. Los médicos habían aconsejado a la señora Menzies que no asistiera al juicio, ya que hacía poco que le habían dado el alta en el hospital. Vi dos mujeres del jurado sonriendo con simpatía.

El señor Scott continuó diciendo que el señor Menzies llevaba trabajando para la misma correduría de seguros de la City de Londres dieciséis años y, aunque no lo habían ascendido, era un miembro respetado del personal. Era un pilar de la comunidad, había servido en el ejército de tierra y formaba parte del comité del club de fotografía local. Incluso una vez se había presentado al consejo municipal de Sutton. Costaba imaginarlo como serio candidato a asesino.

Entonces el señor Scott se centró en el día del asesinato y confirmó que el señor Menzies había quedado con la señorita Moorland la tarde en cuestión, pero con un fin estrictamente profesional con el único objetivo de ayudarla con un plan de seguros personal. No podía haber ningún otro motivo para visitar a la señorita Moorland en horario laboral. No mantuvo ningún tipo de relación sexual con ella y, por supuesto, no la mató.

El acusado abandonó la casa de su cliente unos minutos después de las seis. Según le pareció entender, tenía intención de cambiarse antes de ir a cenar con su hermana a Fulham. Había acordado volver a verla el miércoles siguiente en su oficina para redactar la póliza final. La defensa, según dijo el señor Scott, presentaría posteriormente una entrada de agenda que confirmaría la veracidad de su afirmación.

Según el abogado, los cargos contra el acusado se basaban casi por completo en pruebas circunstanciales. Estaba seguro de que cuando el juicio llegara a su conclusión, el jurado no tendría más remedio que devolver a su cliente al seno de su entrañable familia.

—Tienen que poner fin a esta pesadilla —concluyó el señor Scott—. Esto ha ido demasiado lejos para un hombre inocente.

En ese punto, el juez sugirió una pausa para la comida. Durante el almuerzo, no podía concentrarme ni procesar todo lo que se decía a mi alrededor. La mayoría de aquellos que ya se habían formado una opinión estaban ahora convencidos de que Menzies era inocente.

En cuanto volvimos, a las dos y diez, el señor Scott llamó a su primer testigo: el propio acusado.

Paul Menzies salió del banquillo y anduvo despacio hasta el estrado de los testigos. Con una copia del Nuevo Testamento en la mano derecha, vacilante, leyó el juramento de la tarjeta que sujetaba con la mano izquierda.

Todas las miradas estaban fijas en él mientras el señor Scott empezaba a guiar a su cliente con cuidado por el campo de minas de las pruebas.

Menzies, poco a poco, se fue sintiendo más seguro en su declaración a medida que iba avanzando el día y, para cuando a las cuatro y media el juez dijo al tribunal que ya era suficiente por hoy, estaba convencido de que saldría absuelto, aunque solo fuera por un veredicto mayoritario.

Pasé una noche horrible antes de volver a mi sitio el tercer día de juicio, temiendo lo peor. ¿Acabarían soltando a Menzies y, entonces, empezarían a buscarme?

El señor Scott abrió la tercera mañana con la misma parsimonia que lo había hecho en la segunda, pero repitió tantas preguntas del día anterior que parecía obvio que solo estaba afianzando a su cliente como preparación para el interrogatorio de la acusación. Antes de sentarse, preguntó a Menzies por tercera vez:

—¿Alguna vez mantuvo relaciones sexuales con la señorita Moorland?

—No, señor. La conocí ese mismo día —respondió Menzies con confianza.

—¿Y asesinó a la señorita Moorland?

—Por supuesto que no, señor —dijo Menzies, ahora con voz firme y segura.

El señor Scott volvió a su sitio, con expresión de satisfacción tranquila en la cara.

Para ser justos con Menzies, nada en la vida te podría preparar para un contrainterrogatorio de Humphrey Mountcliff. No podría haber tenido más suerte con el fiscal encargado del caso.

—Me gustaría empezar, si no le importa señor Menzies —comenzó—, por lo que su abogado parece destacar como prueba de su inocencia.

Los finos labios de Menzies permanecieron formando una firme línea recta.

—La pertinente entrada de su agenda que sugiere que había fijado una segunda cita para ver a la señorita Moorland, la mujer asesinada —tres palabras que el señor Mountcliff repitió una y otra vez durante su interrogatorio—, el miércoles posterior al día de su muerte.

—Sí, señor —dijo Menzies.

—Esa entrada se incluyó, corríjame si me equivoco, tras su reunión del jueves en el apartamento de la señorita Moorland.

—Sí, señor —dijo Menzies, obviamente asesorado para que no añadiera nada que pudiera ayudar después al abogado de la acusación.

—Entonces, ¿cuándo incluyó exactamente esa entrada? —preguntó el señor Mountcliff.

—El viernes por la mañana.

—¿Tras el asesinato de la señorita Moorland?

—Sí, pero yo no lo sabía.

—¿Lleva una agenda con usted, señor Menzies?

—Sí, pero una pequeñita, no la grande, la de escritorio.

—¿La lleva con usted hoy?

—Sí.

—¿Podría verla?

Menzies, a regañadientes, sacó una pequeña agenda verde del bolsillo de su chaqueta y se la entregó al secretario judicial, que a su vez se la entregó al señor Mountcliff. El fiscal empezó a hojear las páginas.

—Por lo que veo, no hay ninguna entrada para su cita con la señorita Moorland la tarde de su asesinato, ¿verdad?

—No, señor —dijo Menzies—. Las citas profesionales las anoto en mi agenda de escritorio, mientras que las citas personales quedan restringidas a mi agenda de bolsillo.

—Ya veo —dijo Mountcliff. Hizo una pausa y alzó la vista. —Pero es extraño, señor Menzies, que acordara una cita con una cliente para cerrar unos asuntos profesionales y luego la confiara a su memoria cuando podría, simplemente, haberla anotado en la agenda que siempre lleva encima para luego transferirla a su agenda del trabajo?

—Puede que la anotara en un papel en ese momento, pero como ya le he explicado, esa es mi agenda personal.

—¿Lo es? —interpeló Mountcliff mientras hojeaba unas cuantas páginas más—. ¿Quién es David Paterson?

Menzies parecía estar intentando ubicarlo.

—David Paterson, 112 City Road, 11:30, 9 de enero de este año —leyó en voz alta el fiscal. Menzies parecía nervioso. —Podríamos citar al señor Paterson si no es capaz de recordar la cita —dijo Mountcliff con tono amable.

—Es un cliente de mi empresa —dijo Menzies en voz baja.

—Un cliente de su empresa —repitió el letrado despacio—. Me pregunto cuántas de esas citas podría encontrar en su agenda si pudiera examinarla con más tiempo.

Menzies inclinó la cabeza mientras el señor Mountcliff le devolvía la agenda al secretario tras haber terminado.

—Ahora me gustaría centrarme en asuntos más importantes...

—Eso será después del almuerzo, señor Mountcliff —intervino

el juez—. Ya es casi la una y creo que es mejor que hagamos un receso ahora.

—Como quiera, señoría —fue la respuesta de cortesía.

Salí del tribunal más optimista, aunque ardía en deseos de descubrir qué podía haber de más importante que aquella agenda. El énfasis del fiscal en las pequeñas mentiras, aunque no probaban que Menzies fuera un asesino, sí que indicaban que estaba ocultando algo. Me ponía nervioso que, durante el receso, el señor Scott aconsejara a su cliente que admitiera su relación con Carla y, de esta forma, hacer el resto de su historia más creíble. Por suerte, durante el almuerzo, me enteré de que, de acuerdo con la legislación inglesa, Menzies no podía consultar a su abogado mientras estuviera en el estrado de los testigos. Cuando volví a la sala, me di cuenta de que la sonrisa del señor Scott había desaparecido.

El señor Mountcliff se levantó para proseguir su interrogatorio.

—Señor Menzies, ha declarado bajo juramento que es un hombre felizmente casado.

—Sí, señor —dijo el acusado con sentimiento.

—¿Y su primer matrimonio fue igual de feliz, señor Menzies? —preguntó el fiscal como si nada.

Las mejillas del acusado perdieron su color. Eché un vistazo rápido al señor Scott, que no podía esconder que se trataba de información que no le habían confiado.

—Tómese su tiempo para responder —dijo el abogado de la acusación.

Todas las miradas se giraron al hombre del estrado.

—No —dijo Menzies para continuar al instante—, pero era muy joven por aquella época. Hace mucho tiempo de eso y fue un terrible error.

—¿Un terrible error? —repitió Mountcliff, mirando directamente al jurado—. ¿Y cómo acabó ese matrimonio?

—En divorcio —dijo Menzies simple y llanamente.

—¿Y cuál fue la causa de ese divorcio?

—Maltrato —dijo Menzies—, pero...

—Pero... ¿le gustaría que leyera al jurado lo que su primera mujer declaró bajo juramento ese día?

Menzies empezó a temblar. Sabía que un «no» le haría daño y un «sí» lo colgaría.

—Bueno, como parece incapaz de aclararnos este asunto, con su permiso, señoría, voy a leer la declaración realizada por la primera señora Menzies ante el juez Rodger el 9 de junio de 1961 en el tribunal del condado de Swindon —Mountcliff se aclaró la garganta—. «Solía pegarme una y otra vez, y terminé tan mal que tuve que huir por miedo a que un día acabara con mi vida».

El fiscal puso especial énfasis en las últimas cinco palabras.

—Estaba exagerando —gritó Menzies desde el estrado de los testigos.

—Una pena que la pobre señorita Carla Moorland no esté entre nosotros hoy para decirnos si su historia sobre ella también es una exageración.

—Protesto, señoría —dijo el señor Scott—. El señor Mountcliff está acosando al testigo.

—Ha lugar —dijo el juez—. Tenga más cuidado en el futuro, señor Mountcliff.

—Mis disculpas, señoría —dijo el fiscal, con un tono que no reflejaba el más mínimo remordimiento.

Cerró el sumario al que había estado haciendo referencia y lo volvió a dejar en su atril antes de coger otra carpeta. La abrió despacio, asegurándose de que toda la sala siguiera cada uno de sus movimientos antes de extraer una única hora de papel.

—¿Cuántas amantes ha tenido desde que se casó con la segunda señora Menzies?

—Protesto, señoría. ¿En qué puede ser eso relevante?

—Señoría, es relevante, se lo aseguro. Pretendo demostrar que no se trataba de una relación profesional la que el señor Menzies tenía con la señorita Moorland, sino que era altamente personal.

—Puede proceder —dictaminó el juez.

Menzies mantuvo silencio mientras Mountcliff sostenía la hoja de papel y la estudiaba.

—Tómese su tiempo porque quiero el número exacto —dijo el fiscal, mirando por encima de sus gafas.

Los segundos fueron pasando mientras todos esperábamos.

—Hum... Tres, creo —dijo Menzies finalmente con voz apagada.

Los periodistas empezaron a garabatear frenéticamente.

—Tres —dijo Mountcliff, mirando su papel con incredulidad.

—Bueno, quizá cuatro.

—¿Y esa cuarta amante era la señorita Carla Moorland? —preguntó el fiscal—. Porque tuvo relaciones sexuales con ella esa misma tarde, ¿verdad?

—No, no las tuve —dijo Menzies, pero esta vez pocos en la sala lo creyeron.

—De acuerdo entonces —siguió Mountcliff mientras dejaba el papel en su atril—. Pero antes de volver a su relación con la señorita Moorland, descubramos la verdad sobre las otras cuatro.

Eché un vistazo a la hoja de papel que había estado leyendo antes el abogado de la acusación. Desde donde estaba sentado, pude ver que no había nada escrito en ella. Un folio en blanco yacía frente a él.

Me costó mucho no esbozar una sonrisa. El historial adúltero de Menzies era un punto extra para mí y para la prensa... Y no quería ni imaginarme cómo se lo habría tomado Carla si lo hubiera sabido

Mountcliff se pasó el resto del día haciendo que Menzies relatara con todo detalle sus anteriores relaciones con cuatro amantes. Todo el mundo en la sala estaba intrigado y los periodistas no dejaban de escribir, conscientes de que podrían sacarle mucho partido. Cuando se levantó la sesión, el señor Scott tenía los ojos cerrados.

Aquella noche conduje de vuelta a casa sintiéndome satisfecho conmigo mismo, como un hombre que había tenido un buen día en la oficina.

Al entrar en la sala a la mañana siguiente, percibí que la gente estaba empezando a reconocer a otros habituales y a saludarse con la cabeza. Me sorprendí a mí mismo cayendo en el mismo patrón y saludando a la gente en silencio mientras ocupaba mi lugar habitual al final del banco.

Mountcliff se pasó la mañana repasando otras faltas de Menzies. Descubrimos que había servido en el ejército de tierra pero solo durante cinco meses y que se fue tras un malentendido con su oficial al mando en cuanto a cuántas horas debería pasar de maniobras durante los fines de semana y cuánto se le debería pagar por esas horas. También supimos que su intento de entrar en el consejo municipal fue más el resultado de un arrebato de ira porque le habían denegado el permiso para edificar en un terreno adyacente a su casa que de un deseo altruista por servir a sus semejantes. Para ser justos, el fiscal Mountcliff habría sido capaz de hacer que el arcángel San Gabriel pareciera un *hooligan*, pero todavía no había sacado el as de su manga.

—Señor Menzies, ahora me gustaría volver a su versión de lo que sucedió la tarde de la muerte de la señorita Moorland.

—Sí —suspiró Menzies con voz cansada.

—Cuando visita a un cliente para hablar de una de sus pólizas, ¿cuánto diría que suele durar su consulta?

—Por lo general, media hora, una hora como mucho —dijo Menzies.

—¿Y cuánto duró su visita a la señorita Moorland?

—Algo más de una hora —respondió Menzies.

—Y se fue de su casa, si no recuerdo mal, un poco después de las seis en punto.

—Así es.

—¿Y a qué hora era su cita?

52

—A las cinco, como se puede ver claramente en mi agenda de mesa —afirmó Menzies.

—Bien, señor Menzies, si llegó a las cinco, a tiempo para su cita con la señorita Moorland, y se fue algo después de las seis, ¿cómo es que le multaron?

—No tenía suelto para el parquímetro en ese momento —respondió Menzies con confianza—. Como solo me había pasado unos minutos, decidí asumir el riesgo.

—Decidió asumir el riesgo —repitió Mountcliff despacio—. Es obvio que es un hombre al que le gusta asumir riesgos, señor Menzies. Me pregunto si tendría algún problema en echarle un vistazo a la multa en cuestión.

El secretario se la entregó a Menzies.

—¿Podría leerle al tribunal la hora que el guardia de tráfico escribió en la casilla correspondiente?

Una vez más, Menzies tardó un rato en responder.

—Entre las cuatro y dieciséis y las cuatro y media —leyó finalmente.

—No lo he oído bien —dijo el juez.

—¿Sería tan amable de repetirle al juez lo que ha dicho? —preguntó Mountcliff.

Menzies repitió las cifras incriminatorias.

—Así que podríamos establecer que, de hecho, estaba con la señorita Moorland antes de las cuatro y dieciséis y no, como supongo que escribió después en su agenda, a las cinco en punto. Esa era otra mentira, ¿verdad?

—No —dijo Menzies—. Seguramente llegaría antes de lo que pensaba.

—Según parece, como una hora antes de lo que pensaba. Y también me permito sugerir que llegó una hora antes porque su interés por Carla Moorland no era solo profesional, ¿no es cierto?

—No es así.

—¿Entonces no era su intención que se convirtiera en su amante?

Menzies dudó el tiempo suficiente como para que Mountcliff acabara respondiendo su propia pregunta.

—Porque la parte comercial de su reunión acabó en la media hora habitual, ¿verdad, señor Menzies?

Esperó una respuesta, pero siguió sin producirse.

—¿Cuál es su grupo sanguíneo, señor Menzies?

—No lo sé.

Mountcliff cambió de tema sin previo aviso:

—¿Por casualidad ha oído hablar del ADN?

—No —respondió, desconcertado.

—El ácido desoxirribonucleico es una técnica probada que muestra información genética que puede ser única para cada persona. Las muestras de sangre o semen pueden ser adecuadas. El semen, señor Menzies, es tan único como una huella dactilar. Con una muestra de ese tipo, podríamos saber de inmediato si violó a la señorita Moorland.

—No la violé —dijo Menzies, indignado.

—Pero sí que mantuvieron relaciones sexuales, ¿verdad? —dijo Mountcliff en voz baja.

Menzies guardó silencio.

—¿Debería llamar al médico forense del Estado y pedirle que lleve a cabo una prueba de ADN?

Menzies siguió sin responder.

—¿Y si comprobamos su grupo sanguíneo? —dijo el fiscal antes de hacer una pausa—. Se lo volveré a preguntar, señor Menzies. ¿Mantuvo relaciones sexuales con la víctima aquel jueves por la tarde?

—Sí, señor —susurró Menzies.

—Sí, señor —repitió Mountcliff para que todo el mundo pudiera oírlo.

—Pero no fue violación —gritó Menzies.

—¿No lo fue? —cuestionó el letrado.

—Y juro que no la maté.

Yo debía ser la única persona en la sala que sabía que decía la verdad. El señor Mountcliff si limitó a decir:

—No hay más preguntas, señoría.

El señor Scott intentó con valentía restablecer la credibilidad de su cliente durante las repreguntas, pero el hecho de que hubieran pillado a Menzies mintiendo sobre su relación con Carla hizo que todo lo que había dicho antes pareciera cuestionable.

Si, al menos, hubiera contado la verdad sobre el hecho de que era el amante de Carla, puede que su historia hubiera resultado aceptable. No acababa de entender por qué se habría prestado a esa farsa, ¿para proteger a su mujer? Fuera cual fuera el motivo, lo único que había conseguido es parecer culpable de un crimen que no había cometido.

Aquella noche, cuando volví a casa, me comí el plato más grande de los últimos días.

A la mañana siguiente, Scott subió al estrado dos testigos más. El primero resulto ser el párroco de St. Peter, Sutton, que estaba allí como testigo de carácter para demostrar que Menzies era un pilar de la comunidad. Tras el contrainterrogatorio de Mountcliff, el cura parecía un amable e inocente ancianito cuyo conocimiento de Menzies se basaba en la asistencia ocasional del mismo a la misa del domingo.

El segundo fue el jefe de Menzies en la empresa de la City en la que ambos trabajaban. Era una figura mucho más impresionante, pero fue incapaz de confirmar si la señorita Moorland había sido alguna vez cliente de la firma.

Scott no llamó a más testigos e informó al juez Buchanan de que la defensa había acabado. El juez asintió y, girándose a Mountcliff, le dijo que no tendría que presentar su alegato final hasta la mañana siguiente.

Esa fue la señal para levantar la sesión.

Tanto Menzies como yo tuvimos que soportar otra tarde muy

larga y una noche todavía más interminable. Como todos los días del juicio, me aseguré de ocupar mi lugar a la mañana siguiente antes de que el juez entrara en la sala.

El alegato final de Mountcliff fue magistral. Enumeró cada una de las pequeñas mentiras de tal forma que acababas por aceptar que se podía confiar en muy poco del testimonio de Menzies.

—Jamás sabremos —dijo el fiscal— el motivo real por el que la joven Carla Moorland fue asesinada. ¿Por no querer sucumbir a los avances de Menzies? ¿Un arrebato de ira que acabó en un golpe que provocó su caída y posterior muerte, sola? Pero, sin embargo, hay algunas cosas, miembros del jurado, de las que sí podemos estar seguros. Podemos estar seguros de que Menzies estaba con la víctima ese día antes de las cuatro y dieciséis porque así lo demuestra la multa de aparcamiento. Podemos estar seguros de que se fue un poco después de las seis porque tenemos una testigo que lo vio marcharse en su coche y él mismo no negó esa evidencia. Y podemos estar seguros de que escribió una entrada falsa en su agenda para hacernos creer que tenía una cita profesional con la asesinada a las cinco, en vez de un encuentro secreto personal un poco antes. Y ahora podemos estar seguros de que mintió cuando dijo que no había mantenido relaciones sexuales con la señorita Moorland poco tiempo antes de su asesinato, aunque no podemos saber si dicha relación tuvo lugar antes o después de su fractura de mandíbula.

La mirada de Mountcliff permaneció fija en el jurado antes de continuar.

—Y, por último, podemos establecer, más allá de toda duda razonable, gracias al informe del forense, la hora de la muerte y que, por lo tanto, Menzies fue la última persona que, posiblemente, vio a Carla Moorland viva. Por lo tanto, nadie más podría haber matado a Carla Moorland, por no mencionar las pruebas recopiladas por el inspector Simmons, y si aceptamos ese hecho, no cabe la menor duda de que solo Menzies podría ser el responsable de su muerte. Y no hay que olvidar lo incriminatorio que resulta que haya intentado ocultar la existencia de una primera mujer que lo abandonó por maltrato y de cuatro amantes que lo dejaron, no sabemos muy bien ni cómo ni por qué. Solo una menos que Barba Azul —añadió el fiscal con sentimiento—. Por todas las mujeres que viven solas en nuestra ciudad, deben cumplir con su obligación, por muy duro que pudiera parecer, y declarar al señor Menzies culpable de asesinato.

Cuando Mountcliff se sentó, yo quería aplaudir.

El juez hizo otro receso. Las voces a mi alrededor ahora condenaban a Menzies. Yo me limité a escuchar con satisfacción sin dar mi opinión. Sabía que si el jurado lo condenaba, se cerraría el caso y jamás nadie fijaría su mirada en mí. Ya estaba sentado en mi sitio cuando el juez apareció a las dos y diez. Llamó al señor Scott.

El abogado de Menzies hizo una defensa encendida de su cliente, señalando el hecho de que casi todas las pruebas que había presentado el fiscal Mountcliff eran circunstanciales y que era posible que alguien más visitara a Carla Moorland después de que su cliente se fuera aquella tarde. Las frondosas cejas de Scott parecían tener vida propia mientras enfatizaba con energía que era responsabilidad de la acusación probar su caso más allá de toda duda razonable y no del acusado demostrar su inocencia, y que, en su opinión, su docto amigo, el señor Mountcliff, no lo había hecho.

Durante su recapitulación, Scott evitó toda referencia a entradas de agenda, multas de aparcamiento, amantes pasadas, relaciones sexuales o preguntas sobre el papel de su cliente en la comunidad. Cualquiera que hubiera podido escuchar únicamente los alegatos finales habría podido llegar a pensar que ambos letrados estaban hablando de casos distintos.

La expresión de Scott se transformó en sonrisa cuando se giró para mirar al jurado durante su recapitulación.

—Ustedes doce —dijo— tienen el destino de mi cliente en sus manos. Por lo tanto, tienen que estar seguros, repito, seguros, más allá de toda duda razonable, de que Paul Menzies podía haber cometido un crimen tan horrible como un asesinato. Este no es un juicio sobre el estilo de vida, el papel en la comunidad ni los hábitos sexuales de mi cliente. Si el adulterio fuera un crimen, estoy seguro de que el señor Menzies no sería el único en esta sala que estaría en el banquillo hoy —dijo antes de hacer una pausa y recorrer con la mirada a todos los miembros de jurado—. Por ese motivo, confío en que encontrarán en sus corazones la forma de liberar a mi cliente del tormento que ha estado viviendo durante los últimos siete meses. Seguro que ha demostrado ser un hombre inocente merecedor de su compasión.

Scott volvió a su asiento habiendo conseguido, en mi opinión, dar un rayo de esperanza a su cliente.

El juez nos dijo que no empezaría su recapitulación hasta el lunes por la mañana.

El fin de semana se me hizo interminable. Llegado el lunes, ya había conseguido convencerme a mí mismo de que habría suficientes miembros del jurado seguros de que no había suficientes pruebas para condenarlo.

En cuanto dio comienzo la sesión, el juez empezó a explicar, una vez más, que era el jurado, y solo el jurado, el que tendría la última palabra. No era su trabajo darles su opinión, sino tan solo asesorarlos sobre la legislación.

Repasó todas las pruebas, intentando ponerlas en perspectiva, pero sin dejar entrever sus opiniones personales lo más mínimo. Tras finalizar su recapitulación a última hora de la tarde, envió al jurado a deliberar.

Esperé en aquella pequeña habitación con casi la misma ansiedad con la que seguramente Menzies lo estaría haciendo, escuchando a los demás dar su opinión mientras transcurrían los minutos. Entonces, cuatro horas después, se envió una nota al juez, que pidió inmediatamente al jurado que volviera a ocupar sus asientos mientras la prensa regresaba en manada a la sala, haciendo que aquello pareciera la Cámara de los Comunes el día de la presentación de los presupuestos.

El secretario entregó diligentemente la nota al juez Buchanan. La abrió y leyó aquello que solo otras doce personas de la sala sabían.

Se la devolvió al secretario, que entonces procedió a leer la nota a una audiencia en silencio.

El juez Buchanan frunció el ceño antes de preguntar si cabía la posibilidad de que se llegara a un acuerdo unánime si se les concedía más tiempo. Una vez que supo que ese punto era del todo imposible, asintió, reticente, como señal de aceptación de un veredicto por mayoría.

El jurado volvió a bajar las escaleras para continuar con sus deliberaciones y no volvieron a sus asientos hasta pasadas otras tres horas. Podía sentir la tensión en la sala mientras mis vecinos intentaban intercambiar opiniones con ruidosos susurros. El secretario pidió silencio mientras el juez esperaba a que todo el mundo volviera a su sitio antes de pedirle que procediera.

Cuando el secretario se levantó, podía escuchar la respiración de la persona que tenía a mi lado.

—¿Podría el presidente del jurado ponerse en pie?

Me levanté de mi asiento.

—¿Han alcanzado un veredicto con el que, al menos, diez de ustedes están de acuerdo?

—Así es, señoría.

—¿Encuentran al acusado, Paul Menzies, culpable o inocente?

—Culpable —respondí.

IGNATIUS, EL BARRENDERO IMPLACABLE

FUERON POCOS lo que mostraron interés cuando Ignatius Agarbi fue nombrado ministro de economía de Nigeria. Después de todo, como bien señalaron los cínicos, era la decimoséptima persona que ostentaba el cargo en diecisiete años.

En la primera declaración política importante de Ignatius ante el Parlamento, prometió desterrar los sobornos y la corrupción de la vida pública, y advirtió al electorado de que nadie con un cargo público debería sentirse seguro a no ser que llevara una vida intachable. Acabó su discurso con las palabras «Mi intención es limpiar los establos de Augías de Nigeria».

Tal fue el impacto de la alocución del ministro, que no consiguió ni una simple mención en el *Daily Times* de Lagos. Quizá el editor consideró que, dado que el periódico había cubierto los discursos de sus dieciséis predecesores en el cargo *in extenso*, era posible que sus lectores tuvieran la impresión de haberlo oído ya todo antes.

Sin embargo, a Ignatius no le había desanimado esa falta de confianza en él y acometió su nueva tarea con vigor y determinación. Durante los pocos días que llevaba en el puesto, ya había encarcelado a un funcionario de poca monta por haber falsificado documentos relacionados con la importación de grano. El siguiente en sentir las cerdas de la nueva escoba de Ignatius fue un financiero libanés, que fue deportado sin juicio previo por infringir la normativa de cambio de divisas. Un mes después se produjo un acontecimiento que incluso Ignatius consideró un golpe personal: el arresto del director general de la policía por aceptar sobornos, un beneficio adicional que los ciudadanos de Lagos siempre habían considerado parte del trabajo. Cuando, cuatro meses después, el jefe de la policía fue sentenciado a dieciocho meses de prisión, el nuevo ministro de economía por fin ocupó la portada del *Daily Times* de Lagos. Un editorialista, en la página central, lo apodó «Ignatius, el barrendero implacable», la nueva escoba que todo corrupto debía temer. La reputación de Ignatius de Don Limpio siguió creciendo detención tras detención y en la capital empezaron a circular rumores para nada fundados de que incluso el general Otobi, jefe del Estado, estaba siendo investigado por su propio ministro de economía.

Ahora era el propio Ignatius en persona el que verificaba, investigaba y autorizaba todos los contratos extranjeros por un montante superior a cien millones de dólares. Y aunque cada decisión que había tomado había sido meticulosamente escudriñada por sus enemigos, jamás pudieron asociar a su nombre el más mínimo escándalo.

Para cuando Ignatius inició su segundo año en el cargo, incluso los más cínicos ya reconocían sus logros. Fue entonces cuando el general Otobi se sintió suficientemente seguro como para llamar a Ignatius para una consulta imprevista.

El jefe del Estado recibió al ministro en Dodan Barracks y lo guió hasta una cómoda silla de su estudio con vistas a la plaza de armas.

—Ignatius, acabo de terminar de repasar el último presupuesto y me alarma su conclusión de que Exchequer sigue perdiendo millones de dólares al año en sobornos pagados a intermediarios por empresas extranjeras. ¿Tiene alguna idea de a qué bolsillos está yendo ese dinero? Me gustaría saberlo.

Ignatius se sentó muy erguido, con la mirada fija en el jefe de Estado.

—Sospecho que buena parte del dinero está acabando en cuentas de un banco privado suizo, pero todavía no puedo probarlo.

—Entonces le daré la autoridad que necesite para hacerlo —dijo el general Otobi—. Puede usar los medios que considere necesarios para descubrir a esos delincuentes. Empiece investigando a los miembros de mi gabinete, pasados y presentes. Sin miedos ni favoritismos, sea cual sea su rango o sus contactos.

—Para tener éxito en semejante tarea, necesitaré una carta de autorización especial firmada por usted, general…

—La tendrá sobre su mesa a las seis de esta misma tarde —respondió el jefe de Estado.

—Y el rango de embajador plenipotenciario cada vez que viaje fuera.

—Concedido.

—Gracias —dijo Ignatius mientras se levantaba de la silla al asumir que se había acabado la audiencia.

—Quizá también necesite esto —añadió el general, camino de la puerta, mientras le entregaba a Ignatius una pequeña pistola automática—. Porque sospecho que ya tiene tanto enemigos como yo.

Ignatius cogió la pistola del militar con torpeza, se la metió en el bolsillo y le dio las gracias.

Sin cruzar ni una sola palabra más, Ignatius dejó a su jefe y lo llevaron de vuelta a su ministerio. Sin que lo supiera el gobernador del Banco Central de Nigeria y sin trabas por parte de ningún alto funcionario, Ignatius acometió su nueva tarea con entusiasmo. Se pasó la noche investigando solo y, durante el día, no le contó a nadie sus hallazgos. Tres meses después, ya estaba preparado para atacar.

El ministro escogió el mes de agosto para realizar una visita no programada al extranjero, ya que ese es el mes en que la mayoría de nigerianos están de vacaciones y, por lo tanto, su ausencia pasaría desapercibida.

Le pidió a su secretario permanente que le reservara a él, su mujer y sus dos hijos un vuelo a Orlando y que se asegurara de que dichos billetes fueran cargados a su cuenta personal.

A su llegada a Florida, la familia se registró en el hotel Marriott local. Entonces Ignatius informó a su mujer, sin previo aviso ni explicación, de que pasaría unos días en Nueva York por negocios antes de volver a reunirse con la familia para pasar el resto de las vacaciones. A la mañana siguiente, los dejó en Disney World mientras él cogía un vuelo a Nueva York. Fue un corto recorrido en taxi entre La Guardia y el Kennedy donde, tras cambiarse de ropa y comprar en efectivo un billete de vuelta en clase turista, embarcó en un vuelo de Swissair con destino a Ginebra, intentando pasar desapercibido.

Una vez allí, Ignatius se registró en un hotel discreto, se metió en la cama y durmió ocho horas a pierna suelta. A la mañana siguiente, durante el desayuno, estudió la lista de bancos que con tanto esmero había elaborado tras completar su investigación en Nigeria, con sus nombres escritos de su propio puño y letra. Ignatius decidió empezar por Gerber et Cie., cuyo edificio, por lo que pudo ver desde su habitación de hotel, ocupaba la mitad de la Avenue de Parchine. Comprobó el número de teléfono con el recepcionista antes de realizar la llamada. El presidente aceptó verlo a las doce en punto.

Armado únicamente con un maletín maltrecho, Ignatius llegó al banco unos minutos antes de la hora acordada, algo poco habitual para un nigeriano, pensó el joven vestido con un elegante traje gris, una camisa blanca y una corbata de seda gris que lo estaba esperando en el vestíbulo de mármol para recibirlo. Le hizo una pequeña reverencia a Ignatius, se presentó como el asistente personal del presidente y le explicó que lo acompañaría hasta su despacho. El joven ejecutivo condujo al ministro a un ascensor que les esperaba y ninguno de los dos hombres pronunció una sola palabra hasta llegar a la undécima planta. Un suave golpecito en la puerta del presidente dio lugar a un «*Entrez*» que el joven obedeció al instante.

—El ministro nigeriano de economía, señor.

El presidente salió de detrás de su escritorio para saludar a su invitado. Ignatius no pudo evitar reparar en el hecho de que él también llevaba un traje gris, una camisa blanca y una corbata de seda gris.

—Buenos días, señor ministro —dijo el presidente—. Tome asiento, por favor. Condujo a Ignatius a una mesa baja de cristal rodeada de cómodos sillones al otro lado de la sala. —He pedido que nos traigan café, si le parece bien.

Ignatius asintió con la cabeza, dejó su maltrecho maletín en el suelo junto a su asiento y miró por el gran ventanal de cristal. Hizo algún comentario sobre las magníficas vistas a la majestuosa fuente mientras una chica les servía café a los tres hombres.

Una vez que la joven salió de la habitación, Ignatius fue directo al grano.

—Mi jefe de Estado me ha pedido que visite su banco para hacerles un petición algo inusual —empezó, sin el más mínimo atisbo de sorpresa por parte del presidente y de su asistente—. Me ha encomendado la tarea de descubrir qué ciudadanos nigerianos tienen cuentas numeradas en su banco.

Al conocer los detalles de mi misión, solo los labios del presidente se movieron.

—No estoy en disposición de ofrecerle esa información.

—Permítame exponer mi caso —dijo el ministro, levantando su blanca palma de la mano—. Para empezar, déjeme que le asegure que vengo con la autorización absoluta de mi gobierno.

Sin decir nada más, Ignatius extrajo un sobre de su bolsillo interior con gran floritura. Se lo entregó al presidente, que sacó la carta que contenía y la leyó con atención.

Una vez leída, el banquero se aclaró la garganta.

—Me temo, señor, que este documento no tiene ninguna validez en mi país.

Volvió a meterla en el sobre y se la devolvió a Ignatius.

—Por supuesto —continuó el presidente—, no dudo ni por un segundo de que tiene todo el respaldo de su jefe de Estado, como ministro y como embajador, pero eso no cambia las normas de confidencialidad de nuestro banco para estos asuntos. En ninguna circunstancia podemos divulgar los nombres de ninguno de nuestros titulares de cuentas sin su consentimiento. Siento mucho serle de tan poca ayuda, pero esas son, y siempre serán, las normas de nuestro banco.

El presidente se puso en pie como si diera la reunión por finalizada, pero no conocía a Ignatius, el barrendero implacable.

—Mi jefe de Estado —dijo Ignatius, con un tono de voz sensiblemente más suave— me ha autorizado para actuar ante su banco como intermediario en todas las futuras transacciones entre mi país y Suiza.

—Nos sentimos muy halagados por la confianza depositada en nosotros, señor ministro —respondió el presidente, que seguía en pie—. No obstante, estoy seguro de que comprenderá que eso no puede cambiar nuestra actitud frente a la confidencialidad de nuestros clientes.

Ignatius se mantuvo imperturbable.

—Entonces, siento informarle, señor Gerber, de que pediremos a nuestro embajador en Ginebra que realice un comunicado oficial al Ministerio de Asuntos Exteriores suizo sobre la falta de colaboración por parte de su banco frente a nuestra solicitud de información sobre nuestros nacionales —hizo una pausa para darle tiempo a procesar sus palabras—. Por supuesto, podría evitarse ese bochorno si me entregara la lista de mis compatriotas con cuentas en Gerber et Cie. con las cantidades correspondientes. Le aseguro que jamás revelaré la fuente de nuestra información.

—Puede presentar el comunicado que estime oportuno, señor, y estoy seguro de que nuestro ministro le explicará a su embajador con el más cortés de los lenguajes diplomáticos que el Ministerio de Asuntos Exteriores no tiene autoridad, de acuerdo con la legislación suiza, para exigir que revelemos dicha información.

—En ese caso, me veré obligado a indicar a nuestro Ministerio de Comercio que detenga cualquier posible futuro negocio en Nigeria con algún ciudadano nigeriano hasta que esos nombres sean revelados.

—Está en su derecho, señor ministro —respondió el presidente, impasible.

—Y también puede que reconsideremos todos los contratos que sus compatriotas estén negociando en Nigeria en estos momentos. Además, me encargaré personalmente de que no se respete ninguna cláusula de penalización.

—¿No le parece que semejante acción es un poco precipitada?

—Déjeme que le diga, señor Gerber, que no perdería ni un segundo de sueño por dicha decisión —respondió Ignatius—. Incluso si mis esfuerzos por descubrir esos nombres acabaran arrodillando a su país, ni me inmutaría.

—Pues que así sea, señor ministro —respondió el presidente—. No obstante, eso no cambia la política o la actitud de este banco en cuanto a la confidencialidad.

—Si eso sigue siendo así, señor, hoy mismo daré instrucciones a nuestro embajador para que cierre nuestra embajada en Ginebra y declararé a su embajador en Lagos *persona non grata*.

Por primera vez, el presidente arqueó las cejas.

—Además —continuó Ignatius—, convocaré una rueda de prensa internacional en Londres en la que dejaré bien claro el desagrado de mi jefe de Estado ante la conducta de este banco. Con toda esa publicidad, estoy seguro de que muchos de sus clientes preferirán cerrar sus cuentas, mientras que otros que, en el pasado, hubieran podido considerarle un refugio seguro, quizá encuentren necesario buscar en otra parte.

El ministro esperó, pero el presidente siguió sin responder.

—Entonces no me deja elección —dijo Ignatius, levantándose de su asiento.

El presidente le ofreció su mano, asumiendo que el ministro, por fin, se iba, solo para ver con estupor cómo Ignatius se metía la mano en el bolsillo de la chaqueta y sacaba una pequeña pistola. Los dos banqueros suizos se quedaron inmóviles al ver al ministro de economía de Nigeria avanzar hasta apoyar el cañón en la sien del presidente.

—Necesito esos nombres, señor Gerber, y ya debe de haberse dado cuenta de que no pararé ante nada. Si no me los da ahora mismo, le volaré la tapa de los sesos. ¿Lo entiende?

El presidente asintió levemente mientras el sudor bajaba por su frente.

—Y él será el siguiente —amenazó Ignatius, señalando al joven asistente, estupefacto y paralizado a tan solo unos pasos de distancia.

—Deme los nombres de todos los nigerianos que tienen cuenta en este banco —dijo Ignatius con gran tranquilidad, mirando al joven—, o esparciré los sesos a su presidente por toda su alfombra de pelo suave. Ahora mismo, ¿me está escuchando?

El joven miró a su tembloroso presidente, que respondió diciendo con total claridad:

—*Non, Pierre, jamais.*

—*D'accord* —susurró el asistente.

—No podrá decir que no le he dado oportunidades.

Ignatius amartilló la pistola. El sudor empezó a brotar a raudales de la cara del presidente y el joven apartó la mirada como si esperara con terror el sonido del disparo.

—Excelente —dijo Ignatius, quitando el arma de la cabeza del banquero antes de volver a su asiento.

Ambos banqueros seguían temblando e incapaces de articular palabra.

El ministro cogió su maletín del lateral de la silla y lo puso sobre la mesa de cristal que tenía frente a él. Abrió los cierres y levantó la tapa.

Los dos banqueros se quedaron mirando a los montoncitos de billetes de cien dólares perfectamente ordenados. Cada milímetro del maletín estaba cubierto. El presidente, *grosso modo*, calculó que probablemente allí habría unos cinco millones de dólares.

—Me preguntaba, señor —dijo Ignatius—, si podría abrir una cuenta en su banco.

À LA CARTE

ARTHUR HAPGOOD fue desmovilizado el 3 de noviembre de 1946. En tan solo un mes, ya estaba de vuelta en su antiguo trabajo en la planta de producción de Triumph, a la afueras de Coventry.

Los cinco años que había pasado en los Sherwood Foresters, cuatro de ellos como intendente destinado a un regimiento de tanques, no hacían más que enfatizar el destino más probable de Arthur tras la guerra, a pesar de tener la esperanza de encontrar un trabajo más gratificante una vez que acabara el conflicto. Sin embargo, al volver a Inglaterra, no tardó en descubrir que, en una «tierra de héroes», no era tan fácil encontrar un trabajo y, aunque no quería volver al trabajo que había tenido durante los cinco años anteriores a la declaración de la guerra, montando ruedas de coches, tras cuatro semanas parado, fue a regañadientes a ver a su antiguo jefe de Triumph.

—El trabajo es tuyo si lo quieres, Arthur —lo tranquilizó su encargado.

—¿Y el futuro?

—Un coche ya no es un juguete de rico excéntrico, ni siquiera una necesidad para el hombre de negocios —respondió—. De hecho, la dirección se está preparando para las «familias con dos coches».

—Así que necesitarán montar más ruedas —dijo Arthur con tristeza.

—Esa es la idea.

Arthur firmó el contrato en la hora siguiente y, en tan solo unos días, ya estaba de vuelta en su antigua rutina. Después de todo, como solía recordarle a su mujer, no hacía falta un título en ingeniería para girar cuatro tornillos en una rueda cien veces por turno.

Arthur no tardó en aceptar el hecho de que tendría que conformarse con lo que había. Sin embargo, lo que había no era lo que tenía planeado para su hijo.

Mark había celebrado su quinto cumpleaños antes de que su padre pudiera incluso verlo por primera vez, pero, en cuanto Arthur volvió a casa, todo le parecía poco para su chico.

Estaba decidido a que Mark no acabara trabajando en la planta de producción de una fábrica de coches para el resto de su vida. Empezó a hacer muchas horas extras para ganar el dinero suficiente como para garantizar que su hijo pudiera tener clases particulares de matemáticas, ciencias y lengua. Se sintió recompensado cuando el chico consiguió entrar en la King Henry VIII Grammar School y ese orgullo no flaqueó cuando Mark empezó a sacar buenas notas en secundaria.

Arthur intentó no parecer decepcionado cuando, el día que cumplió dieciocho años, Mark anunció que no quería ir a la universidad.

—¿Entonces a qué te gustaría dedicarte, chaval? —inquirió Arthur.

—Acabo de solicitar un puesto en tu misma planta de producción para incorporarme en cuando termine el instituto.

—¿Pero por qué?

—¿Por qué no? La mayoría de mis amigos que acaban este año ya han sido aceptados en Triumph y están deseando empezar.

—¡Acaso has perdido la cabeza!

—Venga ya, papá. El salario es bueno y has demostrado que se puede conseguir un buen sobresueldo haciendo horas extras. Y no me importa trabajar duro.

—¿Acaso crees que me he pasado todos estos años intentando ofrecerte una educación de calidad para que luego acabes como yo, poniendo ruedas a coches para el resto de tus días? —gritó Arthur.

—El trabajo no es tan simple y lo sabes, papá.

—¡Por encima de mi cadáver! —dijo su padre—. Me da igual lo que hagan tus amigos, solo me importas tú. Podrías ser abogado, contable, oficial del ejército o, incluso, maestro de escuela. ¿Por qué querrías terminar en una fábrica de coches?

—Para empezar, está mejor pagado que un maestro —dijo Mark—. Mi profesor de francés me dijo una vez que no andaba tan bien de dinero como tú.

—Esa no es la cuestión.

—Sí que lo es, papá. No puedes pedirme que me dedique a algo que no me gusta solo para hacer realidad uno de tus sueños.

—Me da igual. No pienso dejar que malgastes el resto de tu vida —dijo Arthur, levantándose de la mesa del desayuno—. Lo primero que pienso hacer hoy cuando llegue al trabajo es asegurarme de que rechazan tu solicitud.

—Eso no es justo, papá. Tengo derecho a...

Pero su padre ya había salido de la habitación sin decir nada más al chico antes de irse a trabajar a la fábrica.

Durante más de una semana, padre e hijo no se dirigieron la palabra. Fue la madre de Mark la que acabó mediando para alcanzar un acuerdo: Mark podría postular a cualquier trabajo que contara con la aprobación de su madre y, si tras un año en dicho puesto todavía estaba interesado en trabajar en la fábrica, podría volver a solicitar el empleo. En ese caso, su padre no se interpondría en el camino de su hijo.

Arthur asintió. Mark también aceptó esa solución a regañadientes.

—Pero solo si completas el año —le advirtió Arthur con solemnidad.

Durante aquellos últimos días de las vacaciones de verano, Arthur apareció con varias sugerencias para que Mark las considerara, pero el chico no mostró entusiasmo por ninguna de ellas. Cuando la madre de Mark empezaba a pensar que su hijo acabaría sin trabajo, mientras la ayudaba a pelar patatas para la cena de aquella noche, Mark le confesó que director de hotel le parecía la propuesta menos desagradable de todas las que le había sugerido su padre hasta entonces.

—Al menos tendrías un techo en el que cobijarte y un plato de comida —dijo su madre.

—Pero no cocinan tan bien como tú, mamá —dijo Mark mientras colocaba las patatas sobre el estafado de Lancashire—. Después de todo, solo es un año.

Durante el mes siguiente, Mark acudió a varias entrevistas en hoteles de la zona sin éxito. Entonces su padre averiguó que su antiguo sargento era jefe de porteros en el hotel Savoy y, de inmediato, Arthur empezó a mover algunos hilos.

—Si el chico es bueno —aseguró el viejo compañero de armas de Arthur frente a una pinta de cerveza—, podría acabar siendo jefe de porteros o, incluso, director del hotel.

Arthur parecía satisfecho, aunque Mark seguía asegurando a sus amigos que se uniría a ellos en un año.

El 1 de septiembre de 1959, Arthur y Mark Hapgood viajaron juntos en autobús hasta la estación de Coventry. Arthur estrechó la mano de su hijo y le prometió:

—Tu madre y yo nos aseguraremos de que estas Navidades sean especiales cuando tengas tus primeras vacaciones. Y no te preocupes:

estás en buenas manos con mi sargento. Aprenderás mucho con él. Simplemente intenta no meterte en líos.

Mark no dijo nada y se limitó a esbozar una leve sonrisa mientras subía al tren.

—No te arrepentirás... —fueron las últimas palabras que Mark oyó de su padre mientras el tren salía de la estación.

Mark ya se había arrepentido en cuanto puso un pie en el hotel.

Como portero novato, empezaba su jornada a las seis de la mañana y terminaba a las seis de la tarde. Tenía derecho a un pequeño descanso de quince minutos a media mañana, una pausa de cuarenta y cinco minutos para almorzar y a otros quince minutos a media tarde. Tras el primer mes, no podía recordar cuándo había podido tomarse esos cuatro descansos durante el día y no tardó en aprender que no había nadie ante quien pudiera quejarse. Sus obligaciones eran subir las maletas de los huéspedes a sus habitaciones y luego bajarlas cuando querían abandonar el hotel. Con una media de trescientas personas al día, el proceso no tenía fin. Su sueldo resultó ser la mitad de lo que ganaban sus amigos en casa y, como tenía que entregar todas las propinas a su jefe, por mucho tiempo que Mark pasara trabajando, jamás vio un solo penique de más. La única vez que se atrevió a mencionárselo al jefe de porteros, se encontró con estas palabras:

—Ya llegará tu momento, chaval.

A Mark no le importaba que el uniforme no fuera de su talla ni que su habitación midiera dos por dos metros y tuviera vistas a la estación de Charing Cross, ni siquiera que no le dieran una parte de sus propinas; lo que sí le preocupaba es que no hubiera nada que pudiera hacer para complacer a su jefe, aunque no le diera el más mínimo problema.

El sargento Crann, que consideraba el Savoy una extensión de su antiguo pelotón, no tenía tiempo para los jovenzuelos bajo sus órdenes que no habían hecho el servicio militar.

—Pero es que no era apto para el servicio militar —le insistió Mark—. Nadie nacido después de 1939 está obligado a alistarse.

—Nada de excusas, chaval.

—No es una excusa, mi sargento. Es la verdad.

—Y no me llames «mi sargento». Para ti, soy el sargento Crann, no lo olvides.

—Sí, sargento Crann.

A final de cada día, Mark volvía a su diminuta habitación, con su pequeña cama, su pequeña silla y su minúscula cómoda, completamente agotado. La única imagen que decoraba las paredes, la del Caballero sonriente, estaba en el calendario que colgaba sobre la cama de Mark. El 1 de septiembre de 1960 estaba marcado en rojo para recordar cuándo podría volver a ver a sus amigos en la fábrica. Cada noche, antes de dormirse, tachaba el día pasado igual que lo haría un prisionero en las paredes de su celda.

En Navidad, Mark volvió a casa para disfrutar de sus cuatro días de vacaciones y, cuando su madre vio el estado general del chico, intentó hablar con su padre para que permitiera a su hijo dejar el trabajo antes, pero Arthur se mantuvo implacable.

—Llegamos a un acuerdo. No puedes esperar que le consiga un trabajo en la fábrica si no es suficientemente responsable como para respetar su parte del trato.

Durante sus vacaciones, Mark esperó a sus amigos a la salida de la fábrica tras su turno y escuchó sus historias sobre sus fines de semana viendo fútbol, bebiendo en el pub o bailando los Everly Brothers. Todos empatizaban con su problema y esperaban que se les uniera en septiembre.

—Solo son unos meses más —le recordó uno de ellos con tono alegre.

En un abrir y cerrar de ojos, Mark ya estaba camino de vuelta a

Londres, donde siguió arrastrando con desgana las maletas por los pasillos del hotel mes tras mes.

En cuanto la típica lluvia inglesa dejó de caer, empezó la afluencia habitual de turistas americanos. A Mark le gustaban los americanos, porque lo trataban como un igual y solían darle un chelín de propina mientras los demás solo le daban seis peniques. Pero, fuera cual fuera la cantidad que recibiera, era inevitable que acabara en el bolsillo del sargento Cran:

—Ya llegará tu momento, chaval.

Uno de esos americanos, alrededor de los cuales Mark solía corretear de un lado para otro con gran diligencia todos los días durante su estancia de quince días, acabó dándole al chico un billete de diez libras mientras salía por la puerta principal del hotel.

—Gracias, señor —dijo Mark que, al darse la vuelta, se encontró con el sargento Crann bloqueándole el paso.

—Dámelo —dijo Crann en cuanto consideró que el visitante americano ya no podía escucharlo.

—Iba a hacerlo cuando le he visto —dijo Mark, entregándole el billete a su superior.

—No estarías pensando quedarte lo que es legítimamente mío, ¿verdad?

—No, señor —dejo Mark—. Pero Dios sabe que me lo he ganado yo.

—Ya llegará tu momento, chaval —dijo el sargento Crann sin pensarlo demasiado.

—No mientras alguien tan malvado como usted esté al cargo —respondió Mark con brusquedad.

—¿Qué es lo que has dicho? —preguntó el jefe de porteros, girándose.

—Me ha escuchado perfectamente, mi sargento.

El golpe que recibió en la oreja pilló a Mark por sorpresa.

—Chaval, acabas de perder tu empleo. Nadie, pero nadie, me habla así.

El sargento Crann se dio la vuelta y puso rumbo a paso rápido a la oficina del director.

El director del hotel, Gerald Drummond, escuchó la versión del jefe de porteros sobre lo acontecido antes de pedir a Mark que se presentara de inmediato en su oficina.

—Te das cuenta de que no me has dejado más opción que despedirte —fueron las primeras palabras que salieron de su boca en cuanto cerró la puerta.

Mark miró directamente al hombre alto y elegante de abrigo negro largo, cuello blanco y corbata negra.

—¿Me permite contarle lo que ha pasado realmente, señor? —preguntó.

El señor Drummond asintió y escuchó sin interrupciones la versión de Mark sobre lo que había sucedido aquella mañana y también reveló el acuerdo al que había llego con su padre.

—Permítame terminar las diez semanas que me quedan —suplicó Mark—, o mi padre dirá que no he sido capaz de respetar mi parte del acuerdo.

—No tengo ningún otro puesto libre en estos momentos —protestó el director—. A no ser que quieras pelar patatas durante diez semanas.

—Cualquier cosa —dijo Mark.

—Entonces preséntate en la cocina mañana a las seis de la mañana. Avisaré al tercer *chef*. Y si crees que el jefe de porteros es duro, espera a conocer a Jacques, nuestro *maître chef de cuisine*. Él no te dará un tortazo en la oreja, directamente te la cortará.

A Mark le dio igual. Estaba seguro de que sería capaz de aguantar lo que fuera durante diez semanas y, a las cinco y media de la mañana del día siguiente, cambió su uniforme azul marino por una bata blanca y unos pantalones de cuadros blancos y azules antes de presentarse para sus nuevas obligaciones. Para su sorpresa, la cocina ocupaba prácticamente todo el sótano del hotel y resultaba más bulliciosa que el vestíbulo.

El tercer *chef* lo puso en una esquina, junto a una montaña de patatas, un cuenco de agua fría y un cuchillo afilado. Mark estuvo pelando desayuno, almuerzo y cena, y aquella noche calló rendido en su cama con tan poca energía que ni siquiera fue capaz de tachar el día en el calendario.

Durante la primera semana, no vio al legendario Jacques en absoluto. Con setenta personas trabajando en la cocina, Mark estaba seguro de que podría pasar desapercibido el resto del tiempo que le quedaba allí.

Todas las mañanas a las seis empezaba a pelar patatas, luego se las entregaba a un joven larguirucho llamado Terry que, a su vez, las cortaban en dados o en la forma que le dijera el tercer *chef* para el plato del día. Lunes salteadas, martes machacadas, miércoles fritas, jueves en rodajas, viernes asadas, sábado en buñuelo... Mark ejecutaba su rutina con tal presteza que siempre iba bastante por delante de Terry y, por lo tanto, lejos de los problemas.

Tras haber observado cómo Terry hacía su trabajo durante una semana, Mark estaba seguro de que podía enseñar al joven aprendiz a aligerar su carga de trabajo de forma sencilla, pero decidió mantener la boca cerrada: abrirla solo le traería más problemas y estaba seguro de que el director no le daría una segunda oportunidad.

Mark no tardó en descubrir que Terry siempre se quedaba muy atrás en el pastel de carne y patatas del martes y en el estofado de Lancashire del jueves. De vez en cuando, el tercer *chef* se pasaba por allí para quejarse y observaba a Mark para cerciorarse de que no era él el causante del retraso. Mark se aseguraba siempre de tener a su lado un cubo de patatas peladas de más para escapar de la censura.

La mañana del primer jueves de agosto (estofado de Lancashire), Terry se rebanó la yema del dedo índice. Tanto las patatas cortadas como la tabla de madera quedaron cubiertas de sangre mientras el chico chillaba, histérico.

—¡Sacadlo de aquí! —les vociferó el *maître chef de cuisine* por encima del ruido de la cocina.

—Y tú —dijo, señalando a Mark—, limpia este desastre y encárgate del resto de las patatas. Tengo ochocientos clientes hambrientos esperando su comida.

—¿Yo? —dijo Mark, incrédulo—. Pero...

—Sí, tú. No puedes *hacerló* peor que el *idiotá* ese que se considera a sí mismo aprendiz de *chef* y que se ha *cortadó* el dedo.

El *chef* se fue, dejando a Mark cruzando de mala gana la mesa para colocarse en el lugar en el que estaba trabajando Terry. Prefirió no discutir mientras el calendario estaba allí para recordarle que solo le quedaban veinticinco días.

Mark se puso a realizar una tarea que había hecho miles de veces para su madre. Cortó unas rodajas de patata limpias y pulcras con una habilidad que Terry jamás habría podido alcanzar. Al final del día, aunque agotado, no se sentía tan cansado como de costumbre.

A las once de la noche, el *maître chef de cuisine* se quitó el gorro y salió por las puertas batientes, señal para el resto de que también podían irse en cuanto acabaran sus respectivas obligaciones. Unos segundos después, las puertas volvieron a abrirse y el *chef* irrumpió en la cocina. Echó un vistazo a su alrededor mientras todos esperaban a ver qué hacía a continuación. Tras encontrar lo que estaba buscando, fue directamente hacia Mark.

«¡Oh, Dios mío!», pensó Mark, «Va a matarme».

—¿Cómo te llamas? —le preguntó el *chef*.

—Mark Hapgood, señor —consiguió balbucear.

—Eres *buenó* con las patatas, Mark Hapgood —dijo el *chef*—. Mañana *empiezás* con las verduras. Preséntate a las siete. Si ese *crétin* con medio dedo vuelve, ponlo a pelar patatas.

El *chef* se dio la vuelta incluso antes de que Mark pudiera responder. La aterraba la idea de tener que pasar tres semanas en mitad de la cocina, siempre a la vista del *maître chef de cuisine*, pero aceptó que no tenía otra alternativa.

A la mañana siguiente, Mark llegó a las seis por miedo a llegar tarde y se pasó una hora observando cómo descargaban las verduras frescas procedentes del mercado de Covent Garden. El responsable de suministros del hotel verificó cada caja con cuidado, rechazando varias antes de firmar el albarán para confirmar que el hotel había recibido un pedido de verduras de más de mil libras. Lo habitual, según le aseguró a Mark.

El *maître chef de cuisine* apareció unos minutos antes de las siete y media, comprobó los menús y le dijo a Mark que marcara las coles de Bruselas, cortara las judías verdes y quitara las hojas gruesas exteriores de las lechugas.

—Pero no sé cómo hacerlo —respondió con total honestidad Mark.

Pudo sentir cómo el resto de aprendices de la cocina se apartaban de él.

—Entonces te enseñaré —rugió el chef—. Quizás sea lo *unicó* que tengas que aprender si quieres ser un buen *chef* y poder hacer el *trabajó* de todo el mundo en la cocina, incluso el de pelador de patatas.

—Pero es que yo quería ser... —empezó Mark pero entonces se lo pensó mejor.

El *chef* parecía no haber oído a Mark mientras se colocaba junto a su nuevo empleado. Todo el mundo en la cocina observaba al chef mientras enseñaba a Mark los conceptos básicos para cortar, trocear y laminar.

—Y no olvides el *dedó* del otro idiota —dijo el jefe mientras completaba la lección y le entregaba el afilado cuchillo a Mark—. Ahora te *tocá* a ti.

Mark empezó a cortar en rodajas las zanahorias con cautela, luego las coles de Bruselas, quitando la capa exterior antes de marcar el tallo con una cruz. A continuación, pasó a trocear las judías. Una vez más, le pareció bastante simple ir por delante de los requisitos del *chef*.

Al final de cada día, una vez que se había ido el *chef* principal, Mark se quedaba afilando todos sus cuchillos para dejarlos preparados para la mañana siguiente y no se iba hasta dejar su zona completamente limpia.

Al sexto día, tras un leve asentimiento del *chef*, Mark se dio cuenta de que debía de estar haciéndolo medianamente bien. Al sábado siguiente se dio cuenta de que dominaba el arte de la preparación de las verduras y descubrió que le fascinaba lo que estaba haciendo el *chef*. Aunque Jacques rara vez se dirigía a nadie mientras se movía por la cocina excepto para mostrar su aprobación o desaprobación —esta última con mayor frecuencia—, Mark aprendió deprisa a adelantarse a sus necesidades. En un corto periodo de tiempo, había empezado a sentirse parte de su equipo, aunque era bastante consciente de su condición de novato.

A la semana siguiente, el día libre del *chef* adjunto, permitieron a Mark que colocara las verduras cocidas en sus respectivos cuencos y dedicó algo de tiempo a que el plato resultara atractivo, a la par que comestible. El *chef* no solo se dio cuenta sino que además murmuró su mayor elogio:

—*Bon.*

Durante sus tres últimas semanas en el Savoy, Mark ni siquiera miró el calendario sobre su cama.

Un jueves por la mañana, recibió un mensaje del subdirector para que Mark se presentara en su despacho a la mayor brevedad posible. Mark había olvidado que era 31 de agosto, su último día de trabajo. Cortó diez limones en cuartos, luego terminó de preparar los cuarenta platos de salmón ahumado finamente fileteado que constituían el primer plato de un banquete de bodas. Observó con orgullo el resultado de sus esfuerzos antes de doblar su delantal y se fue a recoger sus papeles y su última paga.

—¿Qué crees que estás *haciendó*? —le preguntó el *chef*, levantando la mirada.

—Me voy —dijo Mark—. Me vuelvo a Coventry.

—Nos *vemós* el lunes entonces. Te mereces un día libre.

—No, me vuelvo a casa para siempre —dijo Mark.

El *chef* dejó de verificar los cortes de ternera poco hecha que se servirían como segundo plato en la boda.

—¿Para siempre? —repitió como si no lo hubiera entendido.

—Sí. He terminado mi año y ahora me vuelvo a casa a trabajar.

—*Esperó* que encuentres un hotel de cinco estrellas —dijo el chef con auténtico interés.

—No voy a trabajar en un hotel.

—¿Un *restaurant* quizás?

—No, voy a trabajar en Triumph.

El *chef* se quedó perplejo un instante, sin tener claro si el problema era su inglés o que el chico se estaba burlando de él.

—¿Qué es Triumph?

—Un lugar en el que se fabrican coches.

—¿Vas a fabricar coches?

—No un coche entero, pero le pondré las ruedas.

—¿Vas a poner los coches sobre las ruedas? —preguntó el *chef*, incrédulo.

—No —se rio Mark—. Ruedas a los coches.

El *chef* parecía seguir dudando.

—¿Vas a cocinar para los *trabajadorés* de la fábrica?

—No, como ya le he dicho, voy a ponerle ruedas a los coches —dijo Mark despacio, vocalizando bien cada palabra.

—Eso no es posible.

—Oh, sí que lo es —respondió Mark—. Y llevo esperándolo todo un año.

—Si te *ofrecierá* un puesto de ayudante de *chef*, ¿*cambiariás* de opinión? —preguntó el chef en voz baja.

—¿Y por qué haría eso?

—Porque tienes talento en esos *dedós*. Creo que, con el *tiempó*, te podrías convertir en *chef*, incluso un buen *chef*.

—No, gracias. Me voy a Coventry con mis amigos.

El *chef* principal se encogió de hombros.

—*Tant pis* —dijo y, sin inmutarse, volvió a centrarse en la ternera. Miró los platos de salmón ahumado. —Un *talentó* malgastado —añadió una vez que se cerraron las puertas abatibles tras el paso de su potencial *protégé*.

Mark cerró la puerta de su habitación, tiró el calendario a la papelera y volvió al hotel para devolver su uniforme de cocina a la gobernanta. Lo último que hizo fue devolver la llave de su habitación al subdirector.

—Tu finiquito, tus tarjetas y tu nómina. Oh, el *chef* ha llamado para decir que estaría encantado de darte una carta de recomendación —dijo el subdirector—. No puedo decir que sea algo que pase todos los días.

—No la necesito donde voy —respondió Mark—. Pero dele las gracias de todas formas.

Puso rumbo a la estación a paso rápido, con su maltrecha y pequeña maleta a un lado, solo para darse cuenta de que cada vez le costaba más seguir avanzando. Cuando llegó a Euston, se dirigió al andén 7 y empezó a andar de un lado para otro, mirando de vez en cuando al gran reloj que había en vestíbulo. Primero un tren y luego otro salió de la estación con destino a Coventry. Supo que se estaba haciendo de noche cuando las sombras empezaron a colarse por las cristaleras sobre la explanada pública. De repente, se dio la vuelta y salió a todavía mayor velocidad. Si se daba prisa, quizá llegaría a tiempo para ayudar al *chef* a preparar la cena de aquella noche.

Mark se formó con Jacques le Renneu durante cinco años. A las verduras le siguieron las salsas, al pescado las aves, a las carnes la repostería. Tras ocho años en el Savoy, lo nombraron segundo *chef* y había aprendido tanto de su mentor que ni siquiera los clientes habituales eran capaces de saber cuándo el *maître chef de cuisine* tenía el día libre. Dos años más tarde, Mark se convirtió en el *chef* principal y, cuando, en 1971, le ofrecieron a Jacques la oportunidad de volver a París y hacerse cargo de los fogones del George Cinq, un restaurante que es a París como Harrods a Londres, Jacques aceptó, pero solo a condición de que Mark lo acompañara.

—No queda cerca de Coventry —le advirtió Jacques—, y en cualquier caso, estoy *seguró* de que te ofrecerán mi puesto en el Savoy.

—Será mejor que lo acompañe o esos gabachos jamás comerán un plato decente.

—Esos gabachos —dijo Jacques— siempre sabrán cuándo es mi día libre.

—Sí, y reservarán en masa —sugirió Mark entre risas.

Los parisinos no tardaron en acudir en bandada al George Cinq, no para descansar sus cansadas cabezas, sino para saborear los platos del espléndido equipo de dos *chefs*.

Cuando Jacques celebró su sexagésimo quinto cumpleaños, el gran hotel no tenía que buscar mucho para nombrar a su sucesor.

—El primer inglés *maître chef de cuisine* del George Cinq —dijo Jacques, levantando la copa de champán en su banquete de despedida—. Quién lo habría dicho. Por supuesto, tendrás que cambiarte el nombre a Marc para mantener el cargo.

—Ninguna de las dos cosas va a pasar —respondió Mark.

—Oh, sí que va a pasar, porque te he recomendado.

—Entonces tendré que rechazar la oferta.

—¿Vas a irte a poner coches sobre las ruedas, *peut-être*? —se burló Jacques.

—No, pero he encontrado un pequeño restaurante en la margen izquierda del Sena. Solo con mis ahorros podría hacer frente al alquiler, pero con ayuda...

Chez Jacques abrió sus puertas en la rue du Plaisir de la *Rive Gauche* el 1 de mayo de 1982 y, de inmediato, aquellos clientes que habían dado por hecho el George Cinq cambiaron sus lealtades.

La reputación de Mark fue aumentando a medida que los dos *chefs* exploraban la *nouvelle cuisine* y, en poco tiempo, la única forma de garantizarse una mesa en el restaurante en menos de tres semanas era ser una estrella de cine o un ministro del gobierno.

El día que Michelin le dio al Chez Jacques su tercera estrella, Mark, con las bendiciones de Jacques, decidió abrir un segundo restaurante. La prensa y los clientes empezaron a discutir entre ellos por cuál de los dos establecimientos era el mejor. A juzgar por el libro de reservas, el público consideraba que no había diferencia.

Cuando en octubre de 1986 Jacques murió, a la edad de setenta y un años, los críticos culinarios escribieron con total certeza que los estándares de calidad estaban condenados a decaer. Un año después, los mismos periodistas tuvieron que admitir que uno de los cinco grandes *chefs* de Francia procedía de un pueblo de las Tierras Medias británicas cuyo nombre ni siquiera eran capaces de pronunciar.

La muerte de Jacques aumentó su deseo de volver a casa y, cuando leyó en el *Daily Telegraph* que se iba a construir un nuevo complejo en Covent Garden, llamó al agente inmobiliario para pedir más información.

El tercer restaurante de Mark abrió sus puertas en el centro de Londres el 11 de febrero de 1987.

A lo largo de los años, Mark Hapgood había viajado con frecuencia a Coventry para ver a sus padres. Hacía tiempo que su padre se había jubilado, pero Mark seguía sin poder convencer a ninguno de sus progenitores para que viajaran a París para probar sus logros culinarios. Pero ahora que había abierto un local en la capital del país, esperaba poder tentarlos.

—No tenemos que ir a Londres —dijo su madre mientras ponía la mesa—. Siempre cocinas para nosotros cuando vienes a casa y hemos leído sobre tus éxitos en la prensa. De todas formas, tu padre no anda demasiado bien últimamente.

—¿Cómo llamas a esto, hijo? —le preguntó su padre unos minutos después cuando le puso delante un *noisette* de cordero con zanahorias *baby*.

—*Nouvelle cuisine.*

—¿Y la gente paga por esto?

Mark se echó a reír y, al día siguiente, preparó el estofado Lancashire favorito de su padre.

—Esto sí es comida de verdad —dijo Arthur tras servirse por tercera vez—. Y voy a decirte algo, chaval, lo cocinas casi igual de bien que tu madre.

Un año después, Michelin anunció la lista de restaurantes de todo el mundo que habían conseguido su tercera estrella. *The Times* publicó en su portada que Chez Jacques era el primer restaurante inglés que recibía semejante galardón.

Para celebrar el premio, los padres de Mark por fin aceptaron hacer el viaje hasta Londres, después de que Mark les enviara un telegrama diciendo que estaba considerando aceptar un puesto en British Leyland. Envió un coche para buscar a sus padres y los instaló en una *suite* del Savoy. Esa misma tarde reservó la mesa más popular del Chez Jacques a su nombre.

Sopa de verduras seguida de un pastel de ternera y riñones con un plato de pudin de pan y mantequilla para terminar no eran precisamente la *table d'hôte* de la noche, pero es lo que se sirvió para los invitados especiales de la mesa 17.

Bajo la influencia del mejor vino, Arthur empezó a parlotear alegremente con todo aquel que quisiera escucharlo y no pudo evitar recordar al *maître* que su hijo era el propietario del restaurante.

—No seas tonto, Arthur —le dijo su mujer—. Ya lo sabe.

—Encantadora pareja, sus padres —le confesó a su jefe tras

servirles el café y llevarle un puro a Arthur—. ¿A qué se dedicaba su padre antes de jubilarse? ¿Banquero, abogado, profesor?

—Oh, no, nada de eso —dijo Mark en voz baja—. Se ha pasado toda su vida poniendo ruedas a coches.

—¿Pero por qué malgastaría su vida haciendo eso? —preguntó el camarero con incredulidad.

—Porque él no tuvo la suerte de tener un padre como el mío —respondió Mark.

MEJOR SI ES AUTÉNTICO

GERALD HASKINS y Walter Ramsbottom llevaban más de un año comiendo copos de maíz.

—Te cambio mis MC y DSO por tu VC —dijo Walter, camino de la escuela esa mañana.

—No hay trato —dijo Gerald. —En cualquier caso, se necesitan diez tapas para conseguir una VC y solo se necesitan dos para una MC o una DSO.

Gerald siguió coleccionando tapas hasta que tuvo todas y cada una de las medallas que aparecían en la parte trasera de la caja.

Walter nunca consiguió la VC.

Angela Bradbury creía que ambos eran tontos.

—Solo son réplicas —no paraba de recordarles—, no medallas de verdad y a mí solo me interesan las cosas que son auténticas.

En aquel momento, ni a Gerald ni a Walter le importaba la opinión de Angela, ya que a ambos chicos les interesaban mucho más las medallas que la visión del sexo puesto.

La oferta de Kellogg's de medallas gratis terminó el 1 de enero de 1950, justo en el momento en que Gerald había conseguido completar la colección.

Walter dejó de comer copos de maíz.

Entonces, a los niños de los cincuenta, se les dio la oportunidad de descubrir el mundo de Meccano. Meccano exigía comer todavía más cereales y, en tan solo un año, Gerald ya había conseguido un juego suficiente como para construir puentes, puentes flotantes e, incluso, un bloque de oficinas.

La familia de Gerald siguió comiendo generosamente cereales, pero cuando les dijo que quería construir toda una ciudad —la auténtica oferta final de Kellogg's—, le pidió a casi todos sus amigos del quinto curso de la Hull Grammar School que le ayudaran consumiendo suficientes cereales de desayuno como para alcanzar su ambición.

Walter Ramsbottom se negó.

Nunca le pidió ayuda a Angela Bradbury.

Los tres siguieron caminos diferentes.

Dos años después, cuando Gerald Haskins consiguió entrar en la universidad de Durham, a nadie le sorprendió que decidiera estudiar ingeniería ni que citara el coleccionismo de medallas como su principal pasatiempo.

Walter Ramsbottom se unió a su padre en la joyería familiar y empezó a cortejar a Angela Bradbury.

No fue hasta las vacaciones de primavera del segundo año en Durham que Gerald se volvió a cruzar con Walter y Angela. Estaban sentados en la misma fila en un concierto de Bach de un quinteto en el Hull Town Hall. Walter le contó en el descanso que acababan de comprometerse, pero que todavía no habían fijado una fecha para la boda.

Gerald no había visto a Angela desde hacía más de un año, pero esta vez sí que prestó atención a sus opiniones porque, al igual que Walter, estaba enamorado de ella.

Cambió los cereales por invitar insistentemente a cenar a Angela en un intento de alejarla de su viejo rival.

Gerald se apuntó otra victoria cuando Angela devolvió su anillo de compromiso a Walter unos días antes de Navidad.

Walter empezó a extender el rumor de que Gerald solo quería casarse con Angela porque su padre era presidente del comité de obras públicas de la ciudad y esperaba conseguir trabajo en el ayuntamiento una vez que terminara sus estudios en Durham. Cuando enviaron las invitaciones de boda, Walter no estaba en la lista de invitados.

El señor y la señora Haskins se fueron de viaje de novios a Multavia, en parte porque no podían permitirse ir a Niza y no querían ir a Cleethorpes. En cualquier caso, el agente de viajes local tenía una oferta especial para aquellos que estuvieran considerando visitar el pequeño reino embutido entre Austria y Checoslovaquia.

Cuando los recién casados llegaron a su hotel de Teske, la capital, descubrieron por qué los plazos habían sido tan razonables.

En 1959, Multavia estaba atravesando una crisis de identidad mientras intentaba adaptarse a un nuevo tratado redactado por un abogado holandés en Ginebra, escrito en francés pero con rusos y americanos en mente. Sin embargo, gracias al rey Alfonso III, su inteligente y popular monarca, el reino siguió disfrutando de ayudas ininterrumpidas de Occidente y visitas constantes de Oriente.

La capital de Multavia, como pronto descubrirían los Haskins, tenía una temperatura media de 34°C en junio, poca lluvia y los restos de una red de alcantarillado que ambos bandos habían bombardeado de forma indiscriminada entre 1939 y 1944. De hecho, Angela no pudo evitar taparse la nariz mientras caminaba por las calles adoquinadas. El hotel People's afirmaba contar con cuarenta y cinco habitaciones, pero lo que no te contaba el folleto es que solo tres de ellas tenían baño propio y ninguna de ellas bañera. Y luego estaba la comida o, mejor dicho, la falta de ella; por primera vez en su vida, Gerald perdió peso.

Los recién casados también descubrieron que Multavia no tenía monumentos, ni galerías de arte, ni teatros, ni palacios de la ópera que merecieran dicho nombre y que el paisaje circundante era todavía más plano y carente de interés que las tierras pantanosas de Cambridgeshire. El reino no tenía costa y el único río, el Plotz, fluía entre Alemania y Rusia, motivo por el cual ninguno de los habitantes locales se fiaba de él.

Para el final de su estancia en el país, los Haskins ya solo agradecían que Multavia no tuviera línea aérea propia. BOAC los devolvió a casa sanos y salvos, y esa habría sido el final de la experiencia de Gerald en Multavia si no hubiera sido por aquellas alcantarillas o, mejor dicho, por la falta de ellas.

*

Una vez que los Haskins volvieron a Hull, Gerald tomó posesión de su cargo como ayudante en el departamento de ingeniería del concejo municipal. Su primer trabajo fue como tercer ingeniero encargado específicamente del alcantarillado de la ciudad. Cualquier persona más ambiciosa habría considerado el nombramiento como el primer peldaño de su escalera profesional. Sin embargo, para Gerald era algo más. Al instante se puso en contacto con todas las empresas de alcantarillado más importantes, sus asesores y sus homólogos de todo el condado.

Dos años después, fue capaz de presentar ante el comité de su suegro un informe sobre cómo el ayuntamiento podría ahorrarse una considerable cantidad de dinero del contribuyente reconfigurando la red de alcantarillado.

El comité quedó muy impresionado y decidió llevar a la práctica las recomendaciones del señor Haskins y, al mismo tiempo, lo ascendieron a segundo ingeniero.

Esa fue la primera ocasión en la que Walter Ramsbottom se presentó a la alcaldía.

Cuando, tres años después, la red de pequeños túneles y canales ya se había completado, se premió la diligencia de Gerald con un ascenso a ingeniero municipal adjunto. Ese mismo año, su suegro se convirtió en alcalde y Walter Ramsbottom fue nombrado concejal.

Para aquel entonces, ayuntamientos de todo el país reconocían a Gerald como el hombre con el que había hablar si tenían alguna preocupación con su sistema de alcantarillado. Eso provocó una oleada irreverente de chistes en cada cena del Rotary Club al que Gerald asistía, pero eso no impedía que lo consideraran una autoridad en este campo... o desagüe.

Cuando en 1966 el condado de Halifax consideró sacar a concurso público la construcción de una nueva red de alcantarillado, la primera persona a la que consultaron fue a Gerald Haskins, siendo Yorkshire el único lugar en el mundo en que alguien era profeta en su tierra.

Tras pasar todo un día en Halifax con el ingeniero jefe del ayuntamiento y darse cuenta de todo lo que tendrían que gastar en el nuevo sistema, Gerald comentó a su esposa, y no era la primera vez, que «donde hay mugre, hay dinero». Pero Angela era suficientemente inteligente como para calcular cuánto de ese dinero podría obtener su marido con el mínimo riesgo. Durante los siguientes días, Gerald consideró la propuesta de su mujer y, cuando volvió a Halifax una semana después, no fue a las cámaras del consejo, sino al banco Midland. Gerald no escogió el Midland por casualidad. El director del banco también era presidente del comité de planificación del condado de Halifax.

Los dos hombres de Yorkshire alcanzaron un acuerdo beneficioso para ambas partes y, con las bendiciones del banco, Gerald dimitió de su cargo como ingeniero municipal adjunto y creó una empresa privada. Cuando presentó su oferta, compitiendo con varias grandes empresas de Londres, a nadie le sorprendió que Haskins de Hull fuera seleccionado de forma anónima por el comité de planificación para llevar a cabo el proyecto.

Tres años después, Halifax ya tenía un flamante nuevo sistema de alcantarillado y el banco Midland estaba encantado de contar con la cuenta de empresa de Haskins de Hull.

Durante los siguientes quince años, Chester, Runcorn, Huddersfield, Darlington, Macclesfield y York estaban individual y colectivamente encantados con los servicios prestados por Gerald Haskins, de Haskins & Co plc.

Entonces Haskins & Co (International) plc empezó a conseguir contratos en Dubái, Lagos y Río de Janeiro. En 1983, Gerald recibió el Premio de la industria de la reina otorgado por un gobierno agradecido y, un año después, lo nombraron Comendador de la Orden del Imperio Británico otorgado por una monarca agradecida.

La investidura tuvo lugar en el palacio de Buckingham el mismo año que el rey Alfonso III de Multavia murió y fue sucedido por su hijo, el rey Alfonso IV. El rey recién ascendido al trono decidió hacer algo por fin con el alcantarillado de Teske. Había sido deseo de su padre en su lecho de muerte que su gente dejara de sufrir esa pestilencia impropia y el rey Alfonso IV no tenía intención de legar el problema a su hijo.

Después de mucho rogar y pedir prestado a Occidente, y de visitar y negociar con Oriente, el monarca recién designado decidió sacar a concurso público la nueva red de alcantarillado de la capital del reino.

El pliego de condiciones, compuesto por varias páginas de detalles y listas de problemas a los que tendría que enfrentarse aquel ingeniero que quisiera abordar el problema, llegó con un golpe seco sobre la mayoría de mesas de las juntas directivas de las principales empresas de ingeniería. Tras escudriñar detenidamente el documento y considerar la posibilidad real de obtener beneficios, el rey Alfonso IV solo recibió unas cuantas respuestas. No obstante, el rey se pasó toda la noche considerando los méritos de las tres empresas interesadas preseleccionadas. Los reyes también son humanos y, cuando Alfonso descubrió que Gerald había escogido Multavia como lugar de destino para su luna de miel hacía veinticinco años, eso inclinó la balanza. Para cuando Alfonso IV por fin se quedó dormido esa mañana, ya había decidido aceptar la oferta de Haskins & Co (International) plc.

Fue así como se produjo la segunda visita de Gerald Haskins a Multavia, esta vez acompañado de un jefe de obra, tres delineantes y once ingenieros. Gerald tuvo una audiencia privada con el rey y le aseguró que el trabajo estaría terminado a tiempo y por el precio indicado. También le dijo al rey lo mucho que le estaba gustando su segunda visita al país. Sin embargo, cuando volvió a Inglaterra, le aseguró a su mujer que había poco en Multavia que se pudiera considerar ocio antes o después de las siete.

Unos años después y tras bastante debate sobre el aumento del coste de los materiales, Teske acabó con la red de alcantarillado más eficiente de Europa central. El rey estaba encantado, aunque siguió quejándose por cómo Haskins & Co había sobrepasado el precio original según contrato. Hubo que explicar varias veces las palabras «gastos imprevistos» al monarca, que se dio cuenta de que tendría que explicar esas doscientas cuarenta mil libras a Oriente y que debería pedirlas «prestadas» a Occidente. Tras muchas amenazas veladas y cartas «no vinculantes» de sus abogados, Haskins & Co cobró el pago final una vez que el rey recibió otra subvención del gobierno británico, un pago en el que intervino el banco Midland de Sloane Street, transfiriendo una cantidad de dinero al banco Midland de High Street de Hull, sin que Multavia llegara siquiera a verla. Se hizo de esa forma porque, después de todo, como le explicó Gerald a su mujer, así era como se solía distribuir la mayor parte de la ayuda exterior.

Y así es como debería haber acabado la historia de Gerald Haskins y los problemas de alcantarillado de Teske, si no fuera porque el secretario de Estado de Asuntos Exteriores británico decidió visitar el reino de Multavia.

El fin original de la gira europea del secretario era incluir Varsovia y Praga para ver cómo la *glasnost* y la *perestroika* estaban funcionando en esos países. Pero cuando el Ministerio de Asuntos Exteriores descubrió cuánto dinero se había concedido a Multavia y después de que le explicaran a su ministro su función como «estado tapón», el secretario decidió aceptar la vieja invitación para visitar el pequeño reino. La mayoría de recepciones de este tipo solían tener lugar en las salas VIP de los aeropuertos, una costumbre que los británicos habían copiado de Henry Kissinger y luego del camarada Gorbachov, pero no en esta ocasión. Decidieron dedicar un día completo a Multavia.

Como los hoteles habían mejorado muy poco desde la luna de miel de Gerald, se invitó al secretario de Exteriores a hospedarse en el palacio. El rey le pidió que solo programara dos compromisos oficiales durante su breve estancia: la inauguración del nuevo sistema de alcantarillado de la capital y un banquete formal.

Una vez que el secretario de Estado accedió a sus peticiones, el rey invitó a Gerald y a su mujer a la ceremonia inaugural, siempre que ellos corrieran con los gastos, claro está. Cuando llegó el día de la inauguración, el secretario pronunció un discurso apropiado para la ocasión. Para empezar, alabó a Gerald Haskins por su importante aportación a la gran tradición de la ingeniería británica y luego elogió Multavia por su inteligente decisión de otorgar el contrato a una empresa británica. El secretario de Estado olvidó mencionar que el gobierno británico había acabado financiando todo el proyecto. A

Gerald, sin embargo, le emocionaron mucho las palabras del ministro y le devolvió el cumplido al secretario una vez que este tiró de la palanca que abría la primera esclusa.

Esa noche en el palacio, se ofreció un banquete para más de trescientos invitados, incluidos el cuerpo diplomático y varios empresarios británicos importantes. Allí se produjeron los habituales discursos interminables sobre los «lazos históricos», el papel de Multavia en las relaciones anglo-soviéticas y la «relación especial» con la propia familia real británica.

No obstante, el punto culminante de la noche llegó tras los discursos, cuando el rey realizó dos nombramientos. El primero fue conceder la Orden del Pavo Real (segunda clase) al secretario de Exteriores.

—El mayor galardón que puede recibir un plebeyo —explicó el rey a la audiencia congregada—, ya que la Orden del Pavo Real (primera clase) está reservada a la realeza y a los jefes de Estado.

Entonces el rey anunció una segunda condecoración. Gerald Haskins, ya Comendador de la Orden del Imperio Británico, recibió la Orden del Pavo Real (tercera clase) por su trabajo en la red de alcantarillado de Teske. A Gerald le pilló por sorpresa y estaba encantado mientras lo conducían desde su asiento en la mesa principal hasta el rey, que se inclinó hacia delante para poner en el cuello de su visitante un gran medallón de oro con piedras preciosas incrustadas de varios colores y tamaños. Gerald retrocedió respetuosamente dos pasos e hizo una reverencia, mientras el secretario de Exteriores observaba desde su asiento y le sonreía para alentarlo.

Gerald fue el último invitado extranjero que se fue del banquete aquella noche. Angela, que se había ido sola hacía más de dos horas, ya estaba dormida cuando Gerald volvió a la habitación de hotel. Dejó el medallón en la cama, se desnudó, se puso el pijama, comprobó que su mujer estaba dormida y se volvió a pasar el medallón por la cabeza hasta posarlo sobre sus hombros.

Gerald se puso en pie y se observó en el espejo del baño durante varios minutos. Estaba deseando volver a casa.

En cuanto llegó a Hull, escribió una carta al Ministerio de Asuntos Exteriores. Pidió permiso para ponerse su nueva insignia en las ocasiones en las que se indicaba en la esquina inferior derecha de las invitaciones que se debían llevar las condecoraciones y las medallas. El ministerio remitió debidamente el asunto al Palacio donde la reina, una prima lejana del rey Alfonso IV, aceptó la petición.

La siguiente ocasión oficial en la que Gerald tuvo la oportunidad de lucir la Orden del Pavo Real fue la toma de posesión de la alcaldía que tuvo lugar en el ayuntamiento de Hull, precedida de una cena en el Guildhall.

Gerald volvió específicamente de Lagos para la ocasión e, incluso antes de ponerse el esmoquin, no pudo evitar echar un vistazo a la Orden del Pavo Real (tercera clase). Abrió la caja que contenía su preciada posesión y no podía creer lo que veían sus ojos: el oro había perdido su brillo y una de las piedras preciosas parecía como si estuviera a punto de caerse. La señora Haskins dejó de vestirse para echar un vistazo a la orden.

—No es oro —declaró con una simplicidad que habría parado en seco al FMI.

Gerald no respondió y fijó la piedra suelta en su sitio con pegamento, pero tenía que admitir que el remiendo no superaría un escrutinio cercano. Ninguno de los dos habló del tema durante el trayecto al ayuntamiento de Hull.

Durante la cena con el alcalde de aquella noche en el Guildhall, algunos de los invitados le preguntaron por la historia de la Orden del Pavo Real (tercera clase) y, aunque a Gerald le generó cierta satisfacción poder explicar cómo había recibido dicha distinción y cómo la propia reina le había dado permiso para llevarla puesta en los eventos oficiales, percibió que uno o dos de sus colegas no estaban para nada impresionados con aquel pavo sin brillo. A Gerald también le pareció algo desafortunado haber acabado precisamente en la misma mesa que Walter Ramsbottom, ahora teniente de alcalde.

—Supongo que te resultará difícil ponerle precio —dijo Walter, mirando con desdén el medallón.

—Desde luego —respondió Gerald con firmeza.

—No me refiero a un valor monetario —añadió el joyero con una sonrisa de satisfacción—. Porque ese sería bastante fácil de determinar. Me refiero a un valor sentimental, por supuesto.

—Por supuesto —dijo Gerald y, para cambiar de tema, añadió: —¿Y crees que serás alcalde el año que viene?

—Es la tradición —respondió Walter—, que el teniente de alcalde suceda al alcalde si no se presenta para un segundo año. Pero no te preocupes, Gerald, que me aseguraré de que te coloquen en la mesa principal para esa ocasión. Walter hizo una pausa. —El medallón de alcalde es de catorce quilates, ¿sabes?

Gerald se fue del banquete pronto esa noche, decidido a hacer algo con la Orden del Pavo Real antes de que Walter se convirtiera en alcalde.

Ninguno de los amigos de Gerald lo habrían descrito como alguien extravagante e incluso su mujer se quedó sorprendida por el arrebato de vanidad posterior. A las nueve en punto de la mañana siguiente, Gerald llamó a su despacho para avisarles de que no iría a trabajar. A continuación, se cogió un tren a Londres para visitar Bond Street en general y una afamada joyería en particular.

Un vigilante de seguridad de Corps of Commissionaires le abrió la puerta del establecimiento. Una vez dentro, le explicó su problema a un hombre alto y delgado de traje negro que acudió a darle la bienvenida. Entonces lo acompañó a un gran mostrador circular de cristal que había en el centro de la joyería.

—El señor Pullinger estará con usted en un momento —lo tranquilizó.

Instantes después, el experto en piedras preciosas de Asprey llegó y aceptó encantado tasar la Orden del Pavo Real (tercera clase) de Gerald. El señor Pullinger colocó el medallón en un cojín de terciopelo negro antes de estudiar de cerca las piedras a través de una pequeña lente.

Tras un breve vistazo, frunció el ceño con la decepción de un hombre que ha ganado un tercer premio en un campo de tiro del muelle de Blackpool.

—Entonces, ¿cuánto vale? —preguntó Gerald sin rodeos tras unos minutos.

—Es difícil valorar algo tan intrínsecamente —dudó Pullinger— «inusual».

—Las piedras son de cristal y el oro latón, es lo que me quiere decir, ¿no?

El señor Pullinger dejó claro con la mirada que no habría podido explicarlo con mayor precisión.

—Puede que consiga algunos cientos de dólares de alguien que coleccione este tipo de objetos, pero...

—Oh, no —dijo Gerald, bastante ofendido—. No estoy interesado en venderlo. Mi objetivo al venir a Londres es averiguar si sería capaz de copiarlo.

—¿Copiarlo? —preguntó el experto con incredulidad.

—Así es —dijo Gerald—. Para empezar, quiero que cada piedra sea sustituida por la gema correspondiente en función de su color. Después, espero un engaste que impresione a una duquesa. Y por último, quiero que el mejor joyero trabaje con oro de, como mínimo, dieciocho quilates.

El experto de Asprey, a pesar de los años que llevaba tratando con clientes árabes, era incapaz de esconder su sorpresa.

—Eso no será barato —dijo *sotto voce*, ya que la palabra «barato» claramente no contaba con el beneplácito de la joyería.

—No lo dudaba ni por un segundo —respondió Gerald—. Pero debe comprender que este es un honor que solo se da una vez en la vida. Así que, ¿cuándo cree que podría tener una estimación?

—Un mes, seis semanas a lo sumo —contestó el experto.

Gerald cambió la alfombra de felpa de Asprey por las cloacas de Nigeria. Cuando, algo más de un mes después, volvió a Londres, acudió al West End para su segunda reunión con el señor Pullinger.

El joyero no había olvidado a Gerald Haskins y su extraña petición, y al instante sacó de su libro de pedidos una hoja de papel cuidadosamente doblada. Gerald la abrió y leyó la oferta despacio. Requisitos para la petición del cliente: doce diamantes, siete amatistas, tres rubíes y un zafiro, todos con el color más perfecto posible y de la mayor calidad. Un pavo real esculpido en marfil y pintado por un artesano. Toda la cadena debe moldearse en oro de dieciocho quilates de primera calidad. En el balance final se podía leer: «Doscientas once mil libras, IVA no incluido».

Gerald, que no habría dudado en regatear un presupuesto de unos cuantos miles de libras en material de cubierta o para el alquiler de maquinaria pesada, o incluso un calendario de pago, simplemente preguntó:

—¿Cuándo podría recogerlo?

—Resulta imposible calcular cuánto tiempo será necesario para montar una pieza tan magnífica —respondió el señor Pullinger—. Encontrar piedras de la misma forma y color, me temo, puede llevar algo de tiempo —hizo una pausa—. También espero que nuestro artesano jefe esté libre para trabajar en este encargo concreto. Ya está bastante ocupado con los regalos para la próxima visita de la reina a Arabia Saudí, así que no creo que esté disponible hasta finales de marzo.

«A tiempo para el banquete del alcalde del año que viene», pensó Gerald. El concejal Ramsbottom no podrá burlarse esa vez. ¿Había dicho catorce quilates?

Tanto Lagos como Río de Janeiro ya tenían sus alcantarillas instaladas y en funcionamiento antes de que Gerald pudiera volver a Asprey y solo pudo ver aquel galardón tan único unas cuantas semanas antes de la toma de posesión del alcalde.

Cuando el señor Pullinger le mostró por primera vez el trabajo acabado, el hombre de Yorkshire se quedó boquiabierto, encantado. La Orden era tan impresionante que a Gerald le pareció necesario comprar una cadena de perlas de Asprey para que su mujer no le dijera nada.

De vuelta en Hull, esperó a terminar la cena para abrir la cajita de piel verde de Asprey y sorprenderla con la nueva Orden.

—Digno de un monarca, cariño —le aseguró a su mujer, pero Angela parecía preocupada con sus perlas.

Cuando Angela se fue a la lavar los platos, su marido siguió observando unos instantes las magníficas joyas tan finamente labradas y maravillosamente cortadas antes de cerrar la caja por fin. A la mañana siguiente, llevó la pieza a regañadientes al banco y les explicó que necesitaba que se la guardaran en la cámara acorazada, ya que, posiblemente, solo la sacaría una, quizá dos veces al año. No pudo evitar mostrar el objeto de su deleite al director de banco, el señor Sedgley.

—Se lo pondrá en la toma de posesión del alcalde, imagino, ¿no? —inquirió el señor Sedgley.

—Si me invitan —respondió Gerald.

—Oh, estoy seguro de que Ramsbottom querrá que todos sus viejos amigos estén en la ceremonia. Sobre todo usted, sospecho —añadió, sin más explicaciones.

Gerald leyó a su mujer la noticia en la Circular de la corte del *The Times* mientras desayunaban: «Se nos informa desde el palacio de Buckingham que el rey Alfonso IV de Multavia realizará una visita de estado a Gran Bretaña entre el 7 y el 11 de abril».

—Supongo que podremos ver al rey otra vez —dijo Angela.

Gerald no opinó al respecto.

De hecho, el señor y la señora de Gerald Haskins recibieron dos invitaciones relacionadas con la visita oficial del rey Alfonso, una para cenar con el rey en el Claridge's —la embajada de Multavia en Londres no era suficientemente grande como para atender una ocasión de este tipo— y la segunda llegó un día después mediante entrega especial del palacio de Buckingham.

Gerald estaba encantado. Al parecer, el pavo real iba a poder salir tres veces ese mes, ya que su visita el palacio era diez días antes de que Walter Ramsbottom se convirtiera en alcalde.

La cena de Estado en el Claridge's fue memorable y, aunque había varios cientos de invitados, Gerald se las arregló para pasar unos minutos con su anfitrión, el rey Alfonso IV que, para su disfrute, no podía apartar la mirada de la Orden del Pavo Real (tercera clase).

Una semana después, Gerald y Angela viajaron por segunda vez al palacio de Buckingham tras la condecoración de Gerald en 1984 como Comendador de la Orden del Imperio Británico. Gerald tardó más o menos lo mismo que su mujer en vestirse para la ocasión. Pasó algún tiempo jugueteando con su medallón para asegurarse de que su medalla de Comendador se podía ver de forma óptima mientras la Orden del Pavo Real permanecía bien apoyada sobre sus hombros. Gerald le había pedido a su sastre que cosiera unas presillas en su frac para no tener que recolocarse la Orden constantemente.

Cuando los Haskins llegaron al palacio de Buckingham, entraron tras una multitud de hombres condecorados y de mujeres con tiara al comedor de estado donde un sirviente les iba entregando tarjetas para indicarles dónde debían sentarse. Gerald abrió la suya y encontró una flecha que apuntaba a su nombre. Cogió a su mujer del brazo y la guió a sus asientos.

Se dio cuenta de que Angela no paraba de girar la cabeza cada vez que veía una tiara.

Aunque estaban sentados a cierta distancia de Su Majestad, en una ramificación de la mesa principal, Gerald tenía un miembro de la familia real sentado a su izquierda y el ministro de Agricultura a su derecha. Estaba bastante satisfecho. De hecho, la velada pasó muy deprisa y Gerald ya estaba empezando a pensar que la toma de posesión del alcalde sería una completa decepción. No obstante, imaginó una escena en la que el concejal Ramsbottom admiraba la Orden del Pavo Real (tercera clase), mientras le relataba su cena en palacio.

Tras dos brindis reales y dos himnos nacionales, la reina se puso en pie. Mientras se dirigía a sus trescientos invitados, habló con cariño de Multavia y con afecto de su primo lejano, el rey. Su Majestad añadió que esperaba poder visitar su reino en un futuro próximo. El anuncio fue recibido con grandes aplausos. Entonces, concluyó su discurso proclamando que tenía la intención de realizar dos nombramientos.

La reina nombró al rey Alfonso IV Caballero Comendador de la Real Orden Victoriana (KCVO) y luego Comendador de la misma orden (CVO) al embajador de Multavia ante la Corte de St James, ambas órdenes personales de la monarca. El chambelán de la corte abrió una caja azul marino intenso y los receptores recibieron el galardón sobre sus hombros. En cuanto la reina llevó a cabo sus obligaciones formales, el rey Alfonso se puso en pie para responder.

—Su Majestad —siguió tras las formalidades y agradecimientos habituales—. También me gustaría realizar dos nombramientos. El primero es para un hombre que ha prestado un gran servicio a mi país gracias a su experiencia y diligencia —entonces el rey miró en dirección a Gerald— un hombre —continuó—, que completó una proeza de la ingeniería sanitaria de la que cualquier nación del mundo estaría orgullosa y que, de hecho, Su Majestad, inauguró su propio secretario de Exteriores. La capital de Teske siempre estará en deuda con él durante generaciones. Por eso, queremos otorgarle al señor Gerald Haskins, Comendador de la Orden del Imperio Británico, la Orden del Pavo Real (segunda clase).

Gerald no podía creer lo que estaba escuchando.

Un aplauso estruendoso acompañó a un sorprendido Gerald en su camino hacia ambas majestades. Se detuvo tras las sillas coronadas, en algún punto entre la reina de Inglaterra y el rey de Multavia. El rey sonrió al nuevo receptor de la Orden del Pavo Real (segunda clase) mientras los dos hombres se estrechaban la mano. Pero antes de otorgarle el nuevo honor, el rey Alfonso se inclinó hacia delante y, no sin cierta dificultad, le quitó a Gerald de los hombros su Orden del Pavo Real (tercera clase).

—Ya no necesitará esto —le susurró el rey al oído.

Gerald vio con horror cómo su preciada posesión desaparecía en una caja de cuero rojo que sujetaba el secretario privado del rey tras su soberano. Gerald siguió mirando fijamente al secretario privado, que o bien era un diplomático de alto rango o bien estaba al tanto de los planes del rey, a juzgar por su expresión de que nada raro estuviera sucediendo. Una vez que el magnífico medallón de Gerald estaba a buen recaudo, el estuche se cerró de golpe como una caja fuerte cuya combinación nadie le había dado.

Gerald quiso protestar, pero seguía estupefacto.

Entonces, el rey Alfonso sacó de otra caja la Orden del Pavo Real (segunda clase) y la dejó sobre los hombros del galardonado. Gerald, mirando las mediocres y coloridas piedras de cristal, dudó unos instantes antes de dar un paso atrás, inclinarse y volver a su asiento en el gran salón. No oyó las oleadas de aplausos que lo acompañaron; solo podía pensar en cómo podría recuperar el medallón perdido en cuanto acabaran los discursos. Se dejó caer en la silla junto a su mujer.

—Y ahora —continuó el rey—, me gustaría entregar una condecoración que no se había concedido a nadie desde la reciente muerte de mi padre. Es para mí un placer otorgar la Orden del Pavo Real (primera clase) a Su Majestad la reina Isabel II.

La reina se levantó y el secretario privado del rey volvió a dar un paso adelante. En sus manos, la misma caja de cuero rojo que había cerrado con tanta firmeza sobre la posesión única de Gerald. El estuche volvió a abrirse y el rey sacó la magnífica Orden para colocarla sobre los hombros de la reina. La joya brillaba a la luz de las velas y los invitados se quedaron sin aliento ante la gran magnificencia de la pieza.

Gerald era la única persona de la habitación que conocía su auténtico valor.

—Bueno, siempre has dicho que era una joya digna de un monarca —remarcó su mujer mientras acariciaba su collar de perlas.

—Así es —dijo Gerald—. ¿Pero qué va a decir Ramsbottom cuando vea esto? —añadió con tristeza, toqueteando su Orden del Pavo Real (segunda clase)—. Sabrá que no es auténtico.

—No creo que importe mucho, la verdad —dijo Angela.

—¿Qué quieres decir con eso? —preguntó Gerald—. Seré el hazmerreír de Hull el día de la toma de posesión.

—Si en vez de mirarte en el espejo leyeras los periódicos de la tarde, Gerald, sabrías que Walter no va a ser alcalde este año.

—¿Que no va a ser alcalde? —repitió Gerald.

—No, el actual alcalde ha decidido permanecer en el cargo un año más, así que Walter no será alcalde hasta el año que viene.

—¿Eso es así? —dijo Gerald con una sonrisa.

—Y si estás pensando lo que creo que estás pensando, Gerald Haskins, esta vez te va a costar una tiara.

SOLO BUENOS AMIGOS

ME DESPERTÉ antes que él algo libidinosa y sabía que no había nada que pudiera hacer al respecto.

Parpadeé y, al instante, mis ojos se acostumbraron a la penumbra. Levanté la cabeza y observé la gran extensión de carne blanca inmóvil que yacía junto a mí. «Si hiciera tanto deporte como yo, no tendría esos michelines», pensé sin miramientos.

Roger no paraba de moverse, llegando incluso a darse la vuelta en mi dirección, pero sabía que no estaría despierto del todo hasta que sonara el despertador de su mesilla. Durante un instante, me paré a pensar si debería volver a dormirme o si debería levantarme y prepararme algo para desayunar antes de que se despertara. Al final, opté por quedarme tumbada en mi lado de la cama, fantaseando, pero asegurándome de no molestar. Cuando por fin abriera los ojos, fingiría que seguía dormida para que, al final, fuera él el que me preparara el desayuno. Empecé a repasar las cosas que tenía que hacer una vez que se fuera a la oficina. Siempre que la casa estuviera lista cuando volviera, a él le daba igual lo que hiciera durante el resto del día.

Un suave ruido emanó de su lado de la cama. El ronquido de

Roger nunca me había molestado. Mi afecto por él era infinito y me habría gustado poder encontrar las palabras adecuadas para decírselo. De hecho, era el primer hombre que realmente había apreciado. Mientras observaba su rostro sin afeitar, recordé que no había sido su aspecto lo que me habría atraído de él aquella noche en el pub.

Me crucé por primera vez con él en el Cat and Whistle, un bar situado en la esquina de Mafeking Road. Se podría decir que era nuestro local. Solía aparecer sobre las ocho, pedía una pinta de cerveza suave y se la llevaba a una pequeña mesa de la esquina de la sala, al otro lado del tablero de dardos. Básicamente se limitaba a sentarse allí, solo, a ver cómo volaban los dardos hacia la doble puntuación, aunque la mayoría de las veces caían en el uno o el cinco, si es que se clavaban en el tablero. Jamás lo vi jugar personalmente y me preguntaba, desde mi lugar estratégico tras la barra, si es que le preocupaba perder su asiento favorito o simplemente no le interesaba el deporte.

Entonces, de repente, las cosas cambiaron para Roger —para mejor, al menos no cabe duda de que él lo veía así— cuando una tarde, a principios de primavera, una rubia llamada Madeleine, vestida con un abrigo de pelo sintético y bebiendo un *gin and it* doble, se sentó en el taburete junto a él. Nunca antes la había visto en el pub, pero era obvio que la conocían en la zona y lo que se decía por el bar me llevó a pensar que aquello no duraría. Según parece, andaba buscando alguien cuyos horizontes fueran más allá del Cat and Whistle.

De hecho, la relación —si es que se podía llamar así— duró solo veinte días. Lo sé porque los conté. Entonces, una noche, se oyeron gritos y todas las cabezas se giraron mientras ella se levantó de aquel taburete a la misma velocidad con la que llegó. Sus ojos cansados la observaron mientras ella se iba a un asiento libre que había en la esquina de la barra, pero no reflejaban la más mínima sorpresa por su partida y tampoco intentó seguirla.

Su salida fue mi señal para entrar. Casi salto por encima de la barra y, tan rápido como me permitía la dignidad, en cuestión de segundos, ya estaba sentada en el taburete libre junto a él. No me dijo nada y tampoco intentó invitarme a una copa, pero la única mirada que me dedicó no sugería para nada que me considerara una sustituta inaceptable. Miré a mi alrededor para ver si alguien tenía planes de usurpar mi posición. A los hombres que estaban en el tablero de dardos no parecía importarles. Un triple diecisiete, doce y un cinco los mantenían bastante ocupados. Miré hacia la barra para comprobar si el jefe había percibido mi ausencia, pero estaba ocupado con las comandas. Vi a Madeleine bebiéndose una copa de champán de la única botella del pub, pagada por un extraño cuya elegante americana de doble botonadura y corbata a rayas me convenció de que no volvería a molestar a Roger. Parecía bien servida para, por lo menos, otros veinte días.

Miré a Roger (ya hacía algún tiempo que sabía cómo se llamaba, pero jamás lo había llamado por su nombre y no estaba segura de que conociera el mío). Empecé a pestañear de forma bastante exagerada. Me sentí un poco estúpida, pero, al menos, esbozó una sonrisa amable. Se inclinó hacia delante y me tocó la mejilla con sorprendente ternura. Ninguno de los dos sentimos la necesidad de hablar. Los dos estábamos solos y parecía innecesario explicar por qué. Nos sentamos en silencio. Él a veces bebía un sorbo de su cerveza. Yo, de vez en cuando, reorganizaba mis piernas mientras, a unos metros de nosotros, los dardos seguían un recorrido incierto.

Cuando el dueño gritó «Último pedido», Roger se acabó su cerveza mientras los jugadores de dardos terminaban el que debía de ser su último juego.

Nadie dijo nada cuando nos fuimos juntos y me sorprendió que Roger no protestara cuando lo acompañé a su pequeño semiadosado.

Ya sabía dónde vivía porque lo había visto varias veces en la parada de autobús de Dobson Street, en una silenciosa cola de reticentes pasajeros mañaneros. Una vez incluso me apoyé en una pared cercana para poder estudiar sus facciones con detenimiento. Era una cara anónima, bastante ordinaria, pero tenía la mirada más cálida y la sonrisa más amable que había visto en un hombre.

Lo único que me inquietaba es que no parecía ser consciente de mi existencia, siempre preocupado, con su mirada cada noche y sus pensamientos cada mañana siempre para Madeleine. Cómo envidiaba a esa chica. Ella tenía todo lo que yo quería, excepto un abrigo de pelo decente, que fue lo único que me dejó mi madre. En realidad, no tengo derecho a ser malvada con Madeleine, ya que su pasado seguro que no era tan turbio como el mío.

Todo eso sucedió hace más de un año y, para demostrar mi total devoción a Roger, no he vuelto a poner un pie en el Cat and Whistle desde entonces. Parecía haber olvidado a Madeleine porque jamás ha hablado de ella en mi presencia. A diferencia de la mayoría de hombres, jamás me ha preguntado por mis relaciones pasadas.

Quizá debería haberlo hecho. Me habría gustado que supiera la verdad sobre mi vida antes de que nos conociéramos, pero ahora todo parece irrelevante. Soy la menor de una familia de cuatro, así que siempre fui la última de la fila. No he conocido a mi padre y una noche, cuando volví a casa, descubrí que mi madre se había fugado con otro. Tracy, una de mis hermanas, me advirtió que no volvería. Y tenía razón, porque no he vuelto a ver a mi madre desde aquel día. Es duro tener que admitir, sobre todo ante una misma, que tu madre es una vagabunda.

Ya como huérfana, empecé a ir a la deriva, a menudo intentando ir un paso por delante de la ley, algo no demasiado fácil cuando no siempre tienes un lugar en el que acurrucarte. Ni siquiera recuerdo cómo terminé con Derek, si es que ese era su nombre real. Derek, cuyos sensuales ojos negros habrían atraído a cualquiera de mis congéneres medianamente impresionables, me dijo que había estado en un barco mercante durante los últimos tres años. Una vez que me hizo el amor, estaba dispuesta a creer cualquier cosa. Le expliqué que lo único que quería era una cama caliente, algo de comida y quizá, con el tiempo, mi propia familia. Se aseguró de cumplir, al menos, uno de mis deseos porque cuando, unas semanas después, me dejó, acabé con dos gemelas. Derek ni siquiera las ha visto. Volvió a embarcarse incluso antes de que pudiera decirle que estaba embarazada. Ni siquiera necesitó prometerme la luna; era tan guapo que sabía que incluso habría aceptado ser su ligue de una sola noche.

Intenté criar a las niñas dignamente, pero las autoridades acabaron atrapándome y las perdí a las dos. Me pregunto dónde estarán ahora. Quién sabe. Solo espero que hayan acabado en una buena casa. Al menos han heredado los irresistibles ojos de Derek, que seguro que les ayudarán en la vida. Y esa es otra cosa que Roger jamás sabrá. Su confianza absoluta me hace sentir culpable y ahora soy incapaz de encontrar el momento para contarle la verdad.

Cuando Derek se fue, me quedé sola durante, al menos, un año antes de conseguir un empleo a tiempo parcial en el Cat and Whistle. El dueño era tan tacaño que ni siquiera me habría dado comida y bebida si no hubiera respetado mi parte del acuerdo.

Roger solía venir una o, quizá, dos veces por semana antes de conocer a la rubia de abrigo de pelo andrajoso. Después de eso, venía todas las noches hasta que ella se levantó y lo dejó.

Sabía que era perfecto para mí desde la primera vez que lo oí pedir una pinta de cerveza suave. Una cerveza suave... No se me ocurre una mejor descripción de Roger. Por aquella época, las camareras solían flirtear abiertamente con él, pero no parecía interesado. Hasta que Madeleine se pegó a él, no estaba segura de que le gustara el género opuesto. Puede que fuera mi aspecto andrógino lo que le atrajo de mí.

Creo que era la única de aquel pub que estaba buscando algo más permanente.

Y así fue como Roger me dejó pasar la noche con él. Recuerdo que se metió en el cuarto de baño para desnudarse mientras yo lo esperaba en lo que, supuse, sería mi lado de la cama. Desde aquella noche, no me ha pedido ni una sola vez que me vaya y tampoco ha intentado echarme. Es una relación bastante llevadera. Jamás me ha levantado la voz ni me ha reñido injustamente. Perdón por el cliché, pero por una vez he caído de pie.

Brr. Brr. Brr. La dichosa alarma. Me habría gustado enterrarla. El pitido no pararía hasta que Roger, por fin, decidiera apagarla. Una vez intenté pasar por encima de él para desconectar ese ruido infernal, pero acabé tirando el cacharro contra el suelo, algo que le molestó incluso más que la propia alarma. Nunca más. Por fin, un largo brazo emergió de debajo de las sábanas y una palma cayó sobre el reloj y el horrible estrépito se detuvo. Tengo el sueño ligero y el más mínimo movimiento me despierta. Si me lo pidiera, yo podría despertarlo de una forma mucho más agradable cada mañana. Después de todo, mis métodos son igual de fiables que cualquier cachivache hecho por el hombre.

Medio despierto, Roger me dio un breve abrazo antes de acariciarme la espalda, algo que le garantizaba una sonrisa. Entonces bostezó, se estiró y declaró, como cada mañana:

—Tengo que darme prisa o llegaré tarde a la oficina.

Supongo que a muchas les molestaría la previsibilidad de nuestra rutina matutina, pero no a mí. Todo formaba parte de una vida que me hacía sentir segura al creer que, por fin, había encontrado algo que valía la pena.

Roger consiguió meter los pies en la zapatilla incorrecta —siempre un cincuenta por ciento de posibilidades— antes de dirigirse con torpeza al cuarto de baño. Salió quince minutos después, como siempre, con un aspecto solo levemente mejor al que tenía cuando entró. Había aprendido a vivir con algo que algunos llamarían «sus rarezas», mientras él había aprendido a aceptar mi obsesión por la limpieza y mi necesidad de sentirme segura.

—Levántate, dormilona —se quejó, pero entonces esbozó una sonrisa cuando remoloneé en la cama, negándome a abandonar el cálido hueco que había dejado su cuerpo.

—Imagino que esperas que te prepare el desayuno antes de ir a trabajar, ¿verdad? —añadió mientras bajaba por las escaleras.

Ni me molesté en contestar. Sabía que, en unos minutos, abriría la puerta de entrada para coger el periódico de la mañana, el correo y nuestra botella de leche habitual. Como siempre, encendería el hervidor de agua, iría a la despensa, llenaría un cuento con mi comida favorita y añadiría mi parte de la leche, dejando lo suficiente como para sus dos tazas de café.

Podía adivinar al segundo cuándo estaría preparado el desayuno. Primero oiría el agua hervir, unos segundos después añadiría la leche y, por último, llegaría el ruido al arrastrar la silla. Esa era la señal que necesitaba para confirmar que había llegado el momento de unirme a él.

Estiré las patas despacio, consciente de que mi cola requería más atención. Ya había decidido no asearme como es debido hasta que se fuera a la oficina. Podía oír el sonido de la silla rascando el linóleo de la cocina. Era tan feliz que, literalmente, salté de la cama con habilidad felina en dirección a la puerta abierta. Unos segundos después, ya estaba abajo. Aunque ya se había metido en la boca la primera cucharada de cereales, dejó de comer en cuanto me vio.

—¡Qué amabilidad por tu parte unirte a mí! —dijo, con una sonrisa en la cara.

Me estiré en su dirección y lo miré, expectante. Se agachó y me acercó mi cuenco. Empecé a beberme a lengüetazos mi leche, feliz, moviendo mi cola de lado a lado.

Es un mito eso de que solo movemos la cola cuando nos enfadamos.

EL ROBO

CHRISTOPHER Y MARGARET Roberts siempre pasaban las vacaciones de verano lo más lejos de Inglaterra que podían permitirse. No obstante, como Christopher era maestro de literatura clásica en St Cuthbert, una pequeña escuela preparatoria al norte de Yeovil, y Margaret era la enfermera escolar, su experiencia en cuatro de los cinco continentes se limitaba básicamente a publicaciones como *National Geographic* o *Time*.

Sin embargo, las vacaciones anuales de los Roberts en agosto eran sacrosantas y se pasaban once meses del año ahorrando, planificando y preparándose para su único lujo. Por eso, se pasaban los siguientes once meses contando sus descubrimientos a su «descendencia» (los Roberts no tenían hijos propios, así que consideraban a sus alumnos «su descendencia»).

Durante las largas noches en las que se supone que «su descendencia» estaba dormida en sus residencias, los Roberts escudriñaban mapas, analizaban las opiniones de los expertos y, por último, realizaban una preselección. En expediciones recientes habían visitado lugares tan lejanos como Noruega, el norte de Italia o

Yugoslavia, y el año anterior habían estado explorando la isla de Aquiles, Esciros, frente a la costa este de Grecia.

—Este año tenemos que ir a Turquía —dijo Christopher, tras darle muchas vueltas.

Una semana después, Margaret llegó a la misma conclusión, así que pasaron a la Fase Dos. Sacaron, consultaron, y volvieron a sacar y consultar todos los libros sobre Turquía de la biblioteca local. Cada folleto que pudieron conseguir en la embajada turca o en las agencias de viajes de la ciudad fue sometido al mismo escrutinio implacable.

Para el primer día del trimestre de verano, ya habían pagado los billetes del vuelo chárter, habían alquilado un coche, tenían reservado el alojamiento y habían asegurado todo lo asegurable. A sus planes solo le faltaba un pequeño detalle.

—Entonces, ¿cuál va a ser nuestra ganga de este año? —preguntó Christopher.

—Una alfombra —dijo Margaret sin dudarlo—. Tiene que ser una alfombra. Durante más de mil años, Turquía ha producido las alfombras más codiciadas del mundo. Sería una tontería considerar otra opción.

—¿Y cuánto nos deberíamos gastar?

—Quinientas libras —respondió Margaret, sintiéndose una derrochadora.

Una vez acordada la cantidad, intercambiaron recuerdos sobre las gangas o «robos», como a ellos les gustaba llamarlos, que habían «cometido» a lo largo de los años. En Noruega, fue un diente de ballena tallado en forma de galeón por un artista local que, poco después, fue contratado por Steuben. En la Toscana, fue un cuenco de cerámica que encontraron en un pueblecito donde los modelaban y cocían, y que luego se vendían en Roma a precios exorbitados, pero que tenía una pequeña tara que solo un experto sería capaz de percibir. A las afueras de Skopje, visitaron una fábrica de cristal local y adquirieron una jarra de agua justo después de que la soplaran ante sus ojos, y en Esciros consiguieron su mayor triunfo hasta el momento: un fragmento de una vasija que descubrieron cerca de una vieja excavación. Los Roberts informaron de inmediato a las autoridades sobre su hallazgo, pero los oficiales griegos no consideraron el fragmento lo suficientemente importante como para prohibir su exportación a St. Cuthbert.

De vuelta en Inglaterra, Christopher no pudo evitar consultarlo con los catedráticos de literatura clásica de su antigua *alma mater*. Le confirmaron que la pieza era, muy probablemente, del siglo XII. Este último «robo» ahora estaba cuidadosamente montado en la repisa de la chimenea de su salón.

—Sí, una alfombra sería perfecto —sopesó Margaret—. El problema es que todo el mundo va a Turquía con la idea de conseguir una alfombra barata, así que para encontrar una buena...

Se arrodilló y empezó a medir el pequeño espacio libre que quedaba frente a la chimenea de su salón.

—Debería ser de dieciocho por ocho —dijo.

Unos cuantos días después de que acabara el trimestre, los Roberts tomaron el autobús a Heathrow. El viaje duró un poco más que en tren, pero les costó la mitad.

—Cuanto más ahorremos, más nos podremos gastar en la alfombra —le recordó Margaret a su marido.

—De acuerdo, señora enfermera —dijo Christopher entre risas.

Una vez en Heathrow, facturaron su equipaje en el vuelo chárter, seleccionaron dos asientos para no fumadores y, al ver que les quedaba algo de tiempo libre, decidieron ver cómo despegaban otros vuelos a lugares incluso más exóticos.

Fue Christopher el primero en detectar a los dos pasajeros que cruzaban corriendo la pista porque, obviamente, llegaban tarde.

—Mira —dijo, señalando a la pareja a la carrera.

Su mujer estudió a las dos personas con sobrepeso, todavía

bronceados por sus anteriores vacaciones, mientras subían torpemente las escaleras de su avión.

—El señor y la señora Kendall-Hume —dijo Margaret, incrédula, antes de proseguir tras un instante de duda—. No me gustaría ser cruel con ninguno de nuestros «descendientes», pero creo que el joven Malcolm Kendall-Hume es un...

Hizo una pausa.

—¿Un «mocoso malcriado»? —sugirió su marido.

—Bastante —dijo Margaret—. No tengo ni idea de cómo son sus padres.

—Seguramente personas de éxito, si es que las historias que cuenta su hijo son verdad —dijo Christopher—. Una cadena de concesionarios de coches de segunda mano de Birmingham a Bristol.

—Gracias a Dios que no están en nuestro vuelo.

—Yo apostaría por Bermudas o Bahamas —sugirió Christopher.

Una voz procedente de la megafonía no permitió que Margaret diera su opinión.

—El vuelo 172 de Olympic Airways con destino a Estambul está embarcando por la puerta 37.

—Ese es nuestro vuelo —dijo Christopher, feliz, mientras iniciaba la larga marcha hasta su puerta de embarque.

Fueron los primeros pasajeros en subir al avión y, una vez que les indicaron sus asientos, se acomodaron para estudiar las guías de viaje de Turquía y sus tres carpetas de investigación.

—Tenemos que ver el templo de Artemisa cuando visitemos Éfeso —dijo Christopher, mientras el avión rodaba por la pista para colocarse en posición de despegue.

—Sin olvidar que, en ese momento, estaríamos a tan solo unos kilómetros de la supuesta última casa conocida de la Virgen María —añadió Margaret.

—Teoría sobre la que los historiadores serios tienen bastantes reservas —observó Christopher como si se estuviera dirigiendo a un estudiante de cuarto de primaria, pero su mujer estaba demasiado ensimismada en su libro como para darse cuenta.

Cada uno siguió estudiando por su lado hasta que Christopher le preguntó a su mujer qué estaba leyendo.

—*Alfombras: realidades y ficciones* de Abdul Verizoglu, decimoséptima edición —dijo, segura de que cualquier posible error ya se habría corregido en las dieciséis ediciones anteriores—. Bastante ilustrativo. Según parece, los mejores ejemplares son de Hereke y están tejidos con seda, en ocasiones, por hasta veinte mujeres jóvenes, o incluso niños, a la vez.

—¿Por qué jóvenes? —reflexionó Christopher—. Cualquiera diría que la experiencia sería esencial para una tarea tan delicada.

—Según parece, no —dijo Margaret—. Solo los ojos más jóvenes pueden tejer las alfombras de Hereke por sus patrones intrincados, en ocasiones del tamaño de la cabeza de un alfiler y con hasta ciento cincuenta nudos por centímetro cuadrado. Una alfombra de este tipo puede llegar a valer quince, incluso veinte, mil libras.

—¿Y cómo son la más baratas? ¿Alfombras tejidas con restos de lana por mujeres mayores? —sugirió Christopher, respondiendo su propia pregunta.

—Seguramente —dijo Margaret—. Pero, incluso para nuestro humilde presupuesto, hay unas cuantas directrices que podemos aplicar.

Christopher se inclinó para no perderse ni una sola palabra por culpa del ruido de los motores.

—Los rojos y azules apagados con una base verde se consideran clásicos y son los preferidos de los coleccionistas turcos, pero hay que evitar los amarillos y naranjas brillantes —leyó su mujer en voz alta—. Y nunca hay que comprar una alfombra con animales, pájaros o peces, ya que solo se producen para adaptarse al gusto occidental.

—¿Es que no les gustan los animales?

—No creo que ese sea el problema —dijo Margaret—. Los

musulmanes suníes, que son los líderes religiosos del país, no aprueban los ídolos. Pero si rebuscamos lo suficiente por los bazares, todavía es posible que encontremos alguna ganga por unos cientos de libras.

—¡Qué buena excusa para pasarnos todo el día en los bazares!

Margaret sonrió antes de continuar.

—Pero escucha. Lo más importante es regatear. Es bastante probable que el precio de salida que ofrezca el comerciante sea el doble de lo que espera obtener y el triple de lo que vale la alfombra —levantó la mirada del libro—. Si hay que regatear, te tendrás que encargar tú de eso, cariño. No es práctica habitual en Marks & Spencer.

Christopher sonrió.

—Y por último —siguió su mujer, pasando la página—, si el comerciante te ofrece un café, acepta. Eso significa que espera que el proceso se prolongue un tiempo porque le gusta regatear tanto como vender.

—Pues si ese es el caso, más vale que tenga una buena cafetera para nosotros —dijo Christopher mientras cerraba los ojos y empezaba a pensar en los placeres que lo esperaban.

Margaret no cerró su libro sobre alfombras hasta que el avión tocó tierra en el aeropuerto de Estambul, cuando abrió la carpeta número uno, titulada «Pre-Turquía».

—Un autobús lanzadera debería estar esperándonos en la zona norte de la terminal. Nos llevará al vuelo nacional —aseguró a su marido mientras adelantaba su reloj dos horas.

Los Roberts empezaron a seguir la marea de pasajeros que se dirigían al control de pasaportes. Las primeras personas a las que vieron delante eran la misma pareja que habían asumido que iban a costas más exóticas.

—Me pregunto adónde irán —dijo Christopher.

—Al Hilton de Estambul, espero —respondió Margaret, mientras subía a un vehículo desechado por la Glasgow Corporation Bus Company hacía ya como unos veinte años. Expulsó una enorme nube de humo negro por el tubo de escape al acelerar mientras ponía rumbo al vuelo local de THY.

Los Roberts se olvidaron del señor y la señora Kendall-Hume en cuanto empezaron a mirar por las ventanillas del pequeño avión para admirar la costa oeste de Turquía, resaltada por la puesta de sol. El avión aterrizó en el aeropuerto de Izmir justo cuando la brillante bola roja desaparecía detrás de la colina más alta. Otro autobús, incluso más viejo que el anterior, los llevó a la pequeña casa de huéspedes justo a tiempo para una cena tardía.

Su habitación era pequeña, pero estaba limpia y el propietario más o menos igual. Los recibió con gestos exagerados y una enorme sonrisa, buen augurio para los próximos veintiún días. Bien temprano a la mañana siguiente, los Roberts repasaron sus detallados planes para el Día Uno en la carpeta Número Dos. Lo primero que tenían que hacer era recoger el Fiat que habían alquilado y pagado en Inglaterra antes de poner rumbo a las colinas, a la antigua fortaleza bizantina de Selçuk, para luego por la tarde ir al templo de Diana si todavía les quedaba tiempo.

Tras desayunar y lavarse los dientes, los Roberts salieron del hostal unos minutos antes de las nueve. Armados con el formulario del alquiler del coche y la guía, se dirigieron al garaje de Tor Beyazik donde el coche prometido les esperaba. Bajaron por las calles adoquinadas, pasando las casitas blancas y disfrutando de la brisa marina hasta que llegaron a la bahía. Christopher vio el cartel del garaje Beyazik cuando todavía les quedaban unos cuantos metros para llegar.

Mientras pasaban junto a los enormes yates atracados en el puerto, se pusieron a prueba intentando adivinar la nacionalidad de cada bandera, sintiéndose un poco como «su descendencia» haciendo un examen de geografía.

—Italiano, francés, liberiano, panameño, alemán. No hay demasiados barcos británicos —dijo Christopher, sonando inusualmente patriótico, algo que solía pasarle, según había percibido Margaret, cada vez que estaban fuera.

Miró las filas de cascos brillantes alineados como autobuses en Piccadilly durante la hora punta; algunos barcos eran incluso más grandes que los autobuses.

—Me pregunto qué tipo de gente se puede permitir este tipo de lujo —dijo, sin esperar respuesta.

—El señor y la señora Roberts, ¿verdad? —gritó una voz a sus espaldas.

Ambos se giraron para ver una figura, ahora familiar, vestida con camisa blanca, pantalones cortos blancos y un sombrero que lo hacía parecer el capitán Iglo, saludándolos desde la proa de uno de los yates más grandes.

—¡Subid a bordo, grumetes! —declaró el señor Kendall-Hume con entusiasmo, más a modo de orden que de invitación.

Los Roberts, a regañadientes, cruzaron la pasarela.

—Mira quiénes están aquí —gritó su anfitrión a un enorme agujero en mitad de la cubierta.

Unos segundos después apareció la señora Kendall-Hume, vestida con un pareo naranja transparente y la parte superior de un biquini a juego.

—Son el señor y la señora Roberts. ¿Los recuerdas? De la escuela de Malcolm.

Kendall-Hume se dio la vuelta para ver a la consternada pareja.

—No recuerdo vuestros nombres, pero ella es Melody y yo Ray.

—Christopher y Margaret —admitió el maestro mientras les estrechaba la mano.

—¿Una copa? ¿Ginebra, vodka o...?

—Oh, no —respondió Margaret—. Muchas gracias, pero ambos tomaríamos con gusto un zumo de naranja.

—Pues sírvanse —dijo Ray Kendall-Hume—. Tenéis que quedaros a almorzar.

—No nos gustaría abusar...

—Insisto —dijo el señor Kendall-Hume—. Después de todo, estamos de vacaciones. Por cierto, comeremos al otro lado de la bahía. Hay una playa magnífica allí y tendréis la oportunidad de tomar el sol y nadar tranquilos.

—Muy considerado de su parte —dijo Christopher.

—¿Y dónde está el joven Malcolm? —preguntó Margaret.

—Está en un campamento Scout en Escocia. No le gusta andar por ahí en barco como a nosotros.

Era la primera vez, que Christopher pudiera recordar, que sentía algo de admiración por el chico. Segundos después, el motor se puso en marcha con gran estruendo.

Durante el trayecto al otro lado de la bahía, Ray Kendall-Hume expuso sus teorías sobre «tener que escapar de todo».

—Nada como un yate para garantizar tu privacidad y no tener que mezclarte con la plebe.

Solo quería esos pequeños placeres de la vida: el sol, el mar y un suministro infinito de buena comida y bebida.

Y justo esto fue lo que obtuvieron los Roberts. Al final del día, los dos ya tenían una leve insolación y se sentían un poco mareados. A pesar de las pastillas blancas, las pastillas rojas y las pastillas amarillas, literalmente suministradas por Melody, cuando por fin volvieron a la habitación aquella noche, eran incapaces de dormir.

Evitar a los Kendall-Hume durante los siguientes veinte días no iba a ser nada fácil. Al garaje Beyazik, donde su pequeño coche alquilado les esperaba cada mañana y al que tenían que devolverlo cada noche, solo se podía llegar a través del muelle en el que estaba atracado el yate a motor de los Kendall-Hume, barrera insuperable de la yincana. Prácticamente no hubo ni un solo día en que los Roberts no tuvieran que pasar una parte de su preciado tiempo subiendo y bajando por las agitadas aguas costeras de Turquía, engullendo comida grasienta y hablando sobre lo bien que quedaría una alfombra grande en el salón de los Kendall-Hume.

Sin embargo, se las arreglaron para completar la mayor parte de su programa y, con determinación, reservaron el último día de sus vacaciones para buscar una alfombra. Como no necesitaban el coche de Beyazik para ir al centro, estaban seguros de que ese día podrían esquivar a sus torturadores.

La última mañana, se levantaron un poco antes de lo planeado y, tras desayunar, bajaron la callejuela adoquinada juntos, Christopher armado con la decimoséptima edición de *Alfombras: realidades y ficciones*, Margaret con una cinta métrica y quinientos euros en cheques de viaje.

Una vez que el maestro de escuela y su esposa llegaron al bazar, empezaron a mirar en una infinidad de tiendecitas, preguntándose por dónde deberían empezar su aventura. Hombres con fez intentaban seducirlos para que entraran en sus pequeños emporios, pero los Roberts pasaron la primera hora simplemente disfrutando del ambiente.

—Creo que ya podemos empezar a buscar —gritó Margaret por encima del murmullo de voces que la rodeaban.

—Entonces creo que os hemos encontrado justo a tiempo —dijo la voz a la que creían haber escapado.

—Nosotros solo íbamos a...

—Pues entonces seguidme.

A los Roberts se les cayó el alma a los pies mientras Ray Kendall-Hume los sacó del bazar para poner rumbo de nuevo hacia la ciudad.

—Hacedme caso y acabaréis con una auténtica ganga —les aseguró Kendall-Hume—. He conseguido auténticas maravillas de todas las esquinas del mundo a precios que no creeríais. Os voy a prestar mis conocimientos sin coste alguno.

—No sé cómo podíais soportar el ruido y el olor de ese bazar —dijo Melody, obviamente feliz de volver a sus carteles habituales de Gucci, Lacoste y Saint Laurent.

—Preferiríamos...

—Rescatados justo a tiempo —dijo Ray Kendall-Hume—. Si queréis comprar una buena alfombra, el lugar por el que tenéis que empezar y terminar del que os he hablado es la tienda de Osman.

Margaret recordó el nombre de su libro sobre alfombras: «Visitar únicamente si el dinero no es un problema y sabes exactamente qué estás buscando». Ya daba la última mañana por perdida mientras empujaba las enormes puertas de cristal del establecimiento para entrar a una planta baja del tamaño de una pista de tenis, cubierta de alfombras en suelo, paredes, ventanas e, incluso, mesas. Allí donde se podía extender una alfombra, había una a la vista. Aunque los Roberts se dieron cuenta de inmediato que nada de lo que había en exposición estaba dentro de su rango de precios, la extrema belleza de la visión los dejó fascinados.

Margaret se dio un paseo por la habitación, midiendo mentalmente las alfombras pequeñas para hacerse una idea de lo que tendrían que buscar una vez que escaparan.

Un hombre alto y elegante, con las manos en posición de oración y vestido de forma inmaculada con un traje de lana hecho a medida digno de Savile Row, acudió a saludarlos.

—Buenos días, señor —dijo al señor Kendall-Hume, detectando al potentado de inmediato—. ¿Puedo ayudarlo en algo?

—Por supuesto —respondió Kendall-Hume—. Quiero ver sus mejores alfombras, pero no quiero pagar sus mayores precios.

El vendedor sonrió educadamente y dio una palmada. Tres ayudantes trajeron seis pequeñas alfombras y las extendieron en el centro de la sala. Margaret se enamoró de una alfombra con una base verde suave y un patrón de pequeños cuadraditos rojos tejidos por todo el borde. El patrón era tan intrincado que era incapaz de apartar los ojos de ella. Midió la alfombra por curiosidad: dieciocho por ocho exactamente.

—Tiene un gusto excelente, señora —dijo el comerciante.

Margaret, algo sonrojada, se puso de inmediato en pie, dio un paso atrás y ocultó la cinta métrica tras su espalda.

—¿Qué te parece el lote, cielo? —pregunto Kendall-Hume, pasando la mano por las seis alfombras.

—Ninguna de ellas es suficientemente grande —respondió Melody tras un breve vistazo.

El comerciante dio otra palmada, y volvieron a enrollarlas y se las llevaron. Pronto cuatro alfombras más granes las sustituyeron.

—¿Desearían tomar un café? —preguntó el mercader al señor Kendall-Hume mientras desplegaban las nuevas alfombras a sus pies.

—No tenemos tiempo —respondió Kendall-Hume con brusquedad—. Estamos aquí para comprar una alfombra. Si quisiera un café, me iría a una cafetería —añadió con una risita.

Melody le devolvió la sonrisa con complicidad.

—Pues a mí sí me gustaría tomar un café —declaró Margaret, decidida a rebelarse en algún punto de sus vacaciones.

—Con mucho gusto, señora —dijo el comerciante y uno de sus asistentes desapareció para cumplir sus deseos mientras los Kendall-Hume estudiaban las nuevas alfombras.

El café llegó unos minutos después. Le dio las gracias al joven asistente y empezó a beber el denso líquido negro despacito. «Delicioso», pensó y sonrió al mercader en señal de reconocimiento.

—Sigue sin ser suficientemente grande —insistió la señora Kendall-Hume.

El comerciante suspiro levemente y volvió a dar una palmada. Una vez más, el asistente empezó a enrollar los bienes rechazados. Entonces se dirigió a su personal en turco. El ayudante miró, no demasiado convencido, a su mentor, pero este asintió con fuerza y le hizo señas para que se fuera. El asistente volvió unos minutos después con un pequeño pelotón de ayudantes de categoría inferior con dos alfombra, ambas, al desenrollarlas, ocupaban la mayor parte del suelo de la tienda. A Margaret le gustaron incluso menos que las que anteriores, pero dado que su opinión no contaba para nada, tampoco la compartió.

—Estas se acercan más —dijo Ray Kendall-Hume—. Este es más o menos el tamaño del vestíbulo, ¿no crees, Melody?

—Perfecto —respondió su mujer, sin ni siquiera intentar medir ninguna de las alfombras.

—Me alegro de que estemos de acuerdo —dijo Ray Kendall-Hume—. ¿Pero cuál de ellas, cariñito? ¿La roja y azul apagada o la amarilla y naranja brillante?

—La amarilla y naranja —dijo Melody sin dudarlo—. Me gusta el patrón de pájaros de colores vivos que revolotean por el exterior.

Christopher habría jurado que el comerciante había hecho una mueca de dolor.

—Así que ya solo queda acordar un precio —dijo Kendall-Hume—. Siéntate, cari, que esto puede llevarnos un tiempo.

—Espero que no —respondió el señor Kendall-Hume, decidida a permanecer de pie.

Los Roberts guardaron silencio.

—Por desgracia, señor —empezó el mercader—, su mujer ha seleccionado una de las alfombras más refinadas de nuestra colección, por lo que me temo que queda poco margen para la negociación.

—¿Cuánto? —dijo Kendall-Hume.

—Verá, señor, esta alfombra fue tejida en Demirdji, en la provincia de Izmir, por más de cien costureras y les llevó más de un año terminarla.

—Déjese de chorradas —le espetó Kendall-Hume mientras

guiñaba un ojo a Christopher—. Solo dígame cuánto se supone que debería pagar.

—Es solo que considero que es mi obligación señalarle, señor, que esta alfombra ni siquiera debería estar aquí —dijo el turco con tono lastimero—. Se hizo originariamente para un príncipe árabe, que no pudo completar la transacción porque calló el precio del crudo.

—Pero imagino que, en su momento, ya habrían acordado un precio, ¿no?

—No puedo revelar la cantidad exacta, señor. Me da vergüenza confesarla.

—Pues a mí no me da vergüenza —dijo Kendall-Hume—. Venga, ¿cuál es el precio? —insistió.

—¿En qué moneda querría realizar la transacción? —preguntó el turco.

—Libras.

El comerciante sacó una pequeña calculadora del bolsillo de su chaqueta, tecleó unos cuantos números en ella y luego miró con tristeza hacia los Kendall-Hume.

Christopher y Margaret guardaron silencio, como niños con miedo a que el maestro les haga una pregunta cuya respuesta seguramente desconocerían.

—Venga, venga, ¿cuánto espera poder clavarme?

—Creo que debería prepararse para el *shock*, señor —añadió el comerciante.

—¿Cuánto? —repitió Kendall-Hume, impaciente.

—Veinticinco mil.

—¿Libras?

—Libras.

—Debe de estar de broma —dijo Kendall-Hume, rodeando la alfombra para terminar de pie junto a Margaret. —Estás a punto de descubrir por qué me llaman el azote de la industria automovilística de las Midlands orientales —le susurró—. No pagaría más de cinco mil por esa alfombra —se giró para mirar al comerciante—. Ni aunque mi vida dependiera de ello.

—Entonces me temo que estamos perdiendo el tiempo, señor —respondió el turco—. Esta es una alfombra solo para entendidos. Quizás la señora debería reconsiderar la roja y azul.

—Por supuesto que no —dijo Kendall-Hume—. Esos colores son demasiado apagados. ¿Ve? Seguramente la habrá dejado demasiado tiempo junto a la ventana y el sol le ha afectado. No, tiene que reconsiderar ese precio si quiere que la naranja y amarilla acabe en casa de un entendido.

El comerciante suspiró mientras volvía a teclear en la calculadora.

Mientras continuaba la transacción, Melody parecía ausente, mirando de vez en cuando por la ventana en dirección a la bahía.

—Lo mínimo que le puedo ofrecer son veintitrés mil libras, ni un céntimo menos.

—Puedo subir a dieciocho mil —dijo Kendall-Hume—, pero ni un céntimo más.

Los Roberts vieron cómo el mercader tecleaba los números en la calculadora.

—Eso ni siquiera cubriría el coste de lo que yo mismo he pagado —dijo, triste, mirando a los numeritos brillantes de la pantalla.

—Vale, juega duro, pero será mejor que no vaya demasiado lejos. Diecinueve mil —contraofertó el señor Kendall-Hume—. Esa es mi última oferta.

—Veinte mil libras es la cantidad más baja que estoy dispuesto a considerar —respondió el comerciante—. Toda una ganga, se lo juro sobre la tumba de mi madre.

Kendall-Hume sacó la cartera y la puso sobre la mesa junto al comerciante.

—Diecinueve mil libras y cerramos el trato —insistió.

—¿Pero cómo voy a alimentar a mis hijos? —preguntó el comerciante, levantando los brazos por encima de su cabeza.

—De la misma forma que yo alimento a los míos —replicó Kendall-Hume, riendo—. Sacando un margen justo.

El mercader hizo una pausa como si estuviera reconsiderando la oferta y entonces dijo:

—No puedo hacerlo, señor. Lo siento. Puedo enseñarle otras alfombras.

Los ayudantes acudieron al instante.

—No, yo quiero esa —dijo la señora Kendall-Hume—. No riñas por mil libras, cari.

—Se lo aseguro, señora —afirmó el comerciante, girándose hacia la señora Kendall-Hume—. Mi familia se moriría de hambre si solo hiciéramos negocios con clientes como su marido.

—Vale, acepto los veinte mil, pero con una condición.

—¿Condición?

—La factura correspondiente debe ser por diez mil libras. De lo contrario, terminaría teniendo que pagar la diferencia en la aduana.

El comerciante asintió lentamente como para indicar que no se trataba de una petición inusual.

El señor Kendall-Hume abrió su cartera y sacó de ella diez mil libras en cheques de viaje y diez mil más en efectivo.

—Como puede ver —dijo con una sonrisa—, he venido preparado.

Sacó otras cinco mil libras y, agitándolos ante el comerciante, añadió:

—E incluso habría aceptado pagar más.

El mercader se encogió de hombros.

—Sabe regatear, señor, pero no me oirá quejarme ahora que el trato está cerrado.

Enrollaron la enorme alfombra, la envolvieron y emitieron una factura por diez mil libras mientras les entregaban los cheques de viaje y el efectivo.

Los Roberts no habían pronunciado ni una sola palabra durante veinte minutos. Cuando vieron el efectivo cambiar de manos, Margaret no pudo evitar pensar que era más dinero de lo que ellos dos ganaban en todo un año.

—Hora de volver al yate —dijo Kendall-Hume—. Podéis uniros a nosotros si escogéis una alfombra a tiempo.

—Gracias —respondieron los Roberts al unísono.

Esperaron a que los Kendall-Hume estuvieran lejos, seguidos de cerca por dos ayudantes con la alfombra naranja y amarilla a cuestas, para dar las gracias al comerciante por el café y dirigirse a la puerta.

—¿Qué clase de alfombra están buscando? —les preguntó el mercader.

—Me temo que sus precios están muy por encima de nuestras posibilidades —respondió Christopher de forma educada—. Pero gracias.

—Bueno, permítanme al menos que les busque una. ¿Ha visto usted o su mujer alguna alfombra que le haya gustado?

—Sí —respondió Margaret—, la alfombra pequeña, pero...

—Ah, sí —dijo el comerciante—. Recuerdo los ojos de su señora cuando vio la Hereke.

Entonces se marchó unos instantes para luego reaparecer con la pequeña alfombra con base verde y tonos suaves y cuadraditos rojos que los Kendall-Hume habían rechazado con tanta firmeza. Sin esperar ayuda, la desenrolló para que los Roberts pudieran inspeccionarla en detalle.

Margaret pensó que parecía incluso más magnífica esta segunda vez y temió que jamás podría encontrar otra a su altura en el poco tiempo que les quedaba.

—Perfecta —admitió, sin demasiados remilgos.

—Pues entonces ya solo nos queda discutir el precio —reaccionó el comerciante—. ¿Cuánto estaría dispuesta a pagar, señora?

—Teníamos pensado gastarnos unas trescientas libras —saltó Christopher.

Margaret fue incapaz de ocultar su sorpresa.

—Pero acordamos... —empezó la señora Roberts.

—Gracias, cariño, creo que yo debería encargarme.

El comerciante sonrió y volvió al regateo.

—Me temo que no puedo aceptar menos de seiscientas libras —dijo—. Menos de eso sería un robo.

—Cuatrocientas libras es mi última oferta —respondió Christopher, intentando contenerse.

—Quinientas libras sería el precio más bajo que puedo ofrecerle —contraofertó el mercader.

—¡Trato hecho! —gritó Christopher.

Un ayudante empezó a agitar los brazos y a hablar con el comerciante ruidosamente en su idioma natal. El propietario levantó una mano para poner fin a las protestas del joven, mientras que los Roberts observaban, ansiosos.

—Mi hijo —explicó el comerciante— no está de acuerdo con el acuerdo, pero a mí me alegra que esta pequeña alfombra acabe en la casa de una pareja que, obviamente, sabe apreciar su auténtico valor.

—Gracias —murmuró Christopher.

—¿También va a necesitar una factura por un precio diferente?

—No, gracias —dijo Christopher, entregándole diez billetes de cincuenta libras mientras esperaba a que envolvieran la alfombra y le entregaran la factura correcta.

Mientras observaba cómo salían los Roberts de la tienda, aferrados a su compra, el comerciante se reía por dentro.

Cuando llegaron al muelle, el barco de los Kendall-Hume ya estaba en mitad de la bahía, camino de una playa tranquila. Los Roberts suspiraron de alivio y volvieron al bazar para almorzar.

Una vez ya en el aeropuerto de Heathrow, esperando en la cinta transportadora para recoger su equipaje, Christopher notó un golpecito en el hombro. Se dio la vuelta y se encontró con un radiante Ray Kendall-Hume.

—¿Me podrías hacer un pequeño favor?

—Por supuesto, si está en mi mano, claro —respondió Christopher, que todavía no se había recuperado del todo de su último encuentro.

—Es bastante simple —añadió Kendall-Hume—. Mi chica y yo hemos traído demasiados regalos y me preguntaba si podríais pasar algunos por la aduana. Si no, me temo que nos llevará toda la noche.

Melody, de pie tras un carrito ya bastante cargado, sonrió a los dos hombres con benevolencia.

—Por supuesto, tendríais que haceros cargo de cualquier posible pago —afirmó Christopher.

—No podría ser de otra forma, claro está —añadió Kendall-Hume mientras luchaba con un enorme paquete antes de dejarlo en el carrito de los Roberts.

Christopher quiso protestar mientras Kendall-Hume sacaba dos mil libras y se las entregaba, junto con la factura.

—¿Y qué hacemos si nos dicen que vuestra alfombra vale mucho más de diez mil libras? —preguntó Margaret, llena de ansiedad, mientras se colocaba junto a su marido.

—Pagar la diferencia y yo os daré el dinero al instante, pero os aseguro que es poco probable que eso suceda.

—Espero que tengas razón.

—Por supuesto que la tengo —dijo Kendall-Hume—. No te preocupes, ya he hecho esto antes. Y no olvidaré tu ayuda la próxima vez que la escuela necesite algo —añadió, dejándolos con el enorme paquete.

Una vez que Christopher y Margaret habían recogido todo su equipaje, cogieron el segundo carrito y se colocaron en la cola roja de «Algo que declarar».

—¿Tienen alguna posesión que supere las quinientas libras? —les preguntó el joven oficial de aduanas con gran educación.

—Sí —respondió Christopher—. Hemos comprado dos alfombras durante nuestras vacaciones en Turquía.

Le entregó las dos facturas.

El funcionario de aduanas estudió los dos recibos con atención y luego les preguntó si podía ver las alfombras.

—Por supuesto —dijo Christopher mientras se afanaba en desenvolver el paquete más grande y Margaret se encargaba de la más pequeña.

—Voy a necesitar que las inspeccione un experto —afirmó el oficial una vez que ambos paquetes estaban abiertos—. Solo le llevará unos minutos.

Al instante se llevaron ambas alfombras.

Esos «minutos» se convirtieron en más de quince, y Christopher y Margaret no tardaron en lamentar su decisión de ayudar a los Kendall-Hume, fueran cuales fueran las necesidades de la escuela. Empezaron a charlar sobre trivialidades que no habrían engañado ni al más novato de los detectives.

Por fin volvió el oficial de aduanas.

—Me preguntaba si sería posible que hablasen un minuto con mi compañero en privado —les pidió.

—¿Es eso necesario? —preguntó Christopher, enrojeciendo.

—Me temo que sí, señor.

—No deberíamos haber aceptado —susurró Margaret—. Nunca antes habíamos tenido problemas con las autoridades.

—No te preocupes, cariño. Seguro que todo habrá acabado en unos minutos —dijo Christopher, no muy seguro de creerse sus propias palabras.

Siguieron al joven a la parte de atrás, a una pequeña habitación.

—Buenas tardes, señor —les saludó un hombre de pelo canoso con varios anillos de oro alrededor del puño de la camisa—. Siento mucho haberlos hecho esperar tanto tiempo, pero nuestros expertos han estado examinando sus alfombras y creemos que debe de haber un error.

Christopher quiso protestar, pero fue incapaz de pronunciar palabra.

—¿Un error? —consiguió vocalizar Margaret.

—Sí, señor. Las facturas que han presentado no tienen el más mínimo sentido.

—¿Que no tienen sentido?

—No, señora —dijo el oficial superior de la aduana—. Como ya les he dicho, estamos seguros de que se ha cometido un error.

—¿Qué clase de error? —preguntó Christopher, que por fin había recuperado la voz.

—Bueno, ustedes han declarado dos alfombras, una valorada en diez mil libras y otra en quinientas, según estas facturas.

—Sí, ¿y?

—Cada año, cientos de personas vuelven a Inglaterra con alfombras turcas, así que tenemos bastante experiencia en estos asuntos. Nuestro asesor está seguro de que las facturas son incorrectas.

—No le entiendo... —dijo Christopher.

—Bueno —le explicó el oficial superior—, la alfombra grande, estamos seguros, ha sido tejida con una burda rueca y solo tiene treinta Ghiordes o nudos turcos por centímetro cuadrado. A pesar de su tamaño, estimamos que su valor rondará las cinco mil libras. Sin embargo, la alfombra pequeña, que creemos tiene unos ciento cuarenta nudos por centímetro cuadrado es un claro ejemplo de Hereke tradicional tejido a mano en seda y, sin duda, habría sido toda una ganga si hubieran pagado quinientas libras por ella. Como ambas alfombras son de la misma tienda, suponemos que habrá sido un error.

Los Roberts se quedaron mudos.

—No supone ninguna diferencia en lo que respecta a los aranceles que tendrán que pagar, pero creemos que querrían saberlo para su aseguradora.

Los Roberts seguían sin poder pronunciar palabra.

—Dado que las primeras quinientas libras están exentas, le quedarían por pagar dos mil.

Christopher le entregó de inmediato el fajo de billetes de los Kendall-Hume. El funcionario los contó mientras su subalterno volvía a envolver con cuidado las dos alfombras.

—Gracias —dijo Christopher, mientras le devolvían los dos paquetes y un recibo por dos mil libras.

Los Roberts subieron de inmediato el paquete grande a su carrito antes de empujarlo a toda prisa por el vestíbulo hasta salir a la calle, donde los Kendall-Hume los esperaban con impaciencia.

—Habéis tardado mucho tiempo —dijo Kendall-Hume—. ¿Algún problema?

—No, es que han estado tasando las alfombras.

—¿Algún cargo adicional? —preguntó Kendall-Hume con aprensión.

—No, tus dos mil libras han cubierto todo —respondió Christopher, entregándole el recibo.

—Así que todo ha salido bien. Bien hecho. Otra ganga más que sumar a mi colección.

Kendall-Hume se giró para meter el enorme paquete en el maletero de su Mercedes antes de cerrarlo y sentarse tras el volante.

—Bien hecho —repitió a través de la ventanilla abierta mientras se alejaba en su coche—. No olvidaré las necesidades de la escuela.

Los Roberts se quedaron de pie, observando cómo el coche plateado se incorporaba a la carretera para salir del aeropuerto.

—¿Por qué no le has dicho al señor Kendall-Hume cuál es el precio real de su alfombra? —preguntó Margaret una vez sentados en el autobús.

—La verdad es que lo he pensado mucho, pero he llegado a la

conclusión de que la verdad sería lo último que Kendall-Hume querría saber.

—¿Y no te sientes culpable? Después de todo, hemos robado…

—Nada en absoluto, cariño. No hemos robado nada. Pero desde luego hemos conseguido nuestra mejor ganga.

EL CORONEL RANA TORO

HAY UNA catedral en Inglaterra que jamás ha considerado necesario realizar un llamamiento a la generosidad nacional.

Cuando el coronel se despertó, descubrió que estaba atado a un poste justo en el lugar en el que había tenido lugar la emboscada. Tenía las piernas entumecidas. Lo último que podía recordar era una bayoneta atravesando su muslo. Solo estaba seguro de que las hormigas subían por su pierna en una marcha infinita hacia la herida.

«Habría sido mejor seguir inconsciente», pensó.

Entonces alguien deshizo los nudos y cayó de bruces sobre el lodo. «Habría sido mejor la muerte», concluyó. De alguna forma, consiguió ponerse de rodillas y arrastrarse hasta el poste junto a él. Atado a él había un cabo que seguramente llevaba ya muerto varias horas. Las hormigas entraban por su boca. El coronel arrancó una tira de tela de la camisa del hombre, la lavó en un gran charco cercano y se limpió la herida de la pierna lo mejor que pudo antes de atarla con fuerza.

Eso fue el 17 de febrero de 1943, una fecha que quedará grabada en la memora del coronel para el resto de su vida.

Esa misma mañana, los japoneses recibieron órdenes de mover a los prisioneros aliados recién capturados al alba. Muchos morirían durante la marcha e incluso más perecerían antes de que se iniciara. El coronel Richard Moore estaba decidido a no estar entre ellos.

Veintinueve días después, ciento diecisiete de los setecientos treinta y dos miembros iniciales de las tropas aliadas llegaron a Tonchan. Un hombre que jamás hubiera viajado más allá de Roma difícilmente habría estado preparado para una experiencia como la de Tonchan. Ese campamento de prisioneros de guerra, fuertemente vigilado, a unas trescientas millas al norte de Singapur y oculto en la más profunda jungla ecuatorial, no ofrecía muchas posibilidades de libertad. Todo aquel que contemplara la huida solo sobreviviría en la jungla unos cuantos días, mientras que aquellos que optaban por quedarse acaban descubriendo que las posibilidades no eran mucho mejores.

Cuando el coronel llegó por primera vez, el mayor Sakata, comandante del campo, le informó de que él era el oficial de mayor rango y que, por lo tanto, sería responsable del bienestar de todas las tropas aliadas.

El coronel Moore miró al bajito oficial. Sakata debía medir unos treinta centímetros menos que él, pero tras aquella marcha de veintiocho días, el soldado británico seguramente no pesaba mucho más que el diminuto mayor.

Lo primero que hizo Moore tras salir del despacho del comandante fue reunir a todos los oficiales aliados. Descubrió que había una buena muestra de Reino Unido, Australia, Nueva Zelanda y América, pero pocos podrían haberse descrito como sanos. Muchos hombres morían diariamente de malaria, disentería y malnutrición. De repente, fue consciente de lo que significaba la expresión «caer como moscas».

El coronel supo por sus oficiales del estado mayor que, durante los dos años anteriores de existencia del campamento, habían tenido que construir chozas de bambú para los oficiales japoneses. Tuvieron que terminarlas para que les permitieran empezar con un hospital para sus propios hombres y, en última instancia, chozas para ellos mismos. Muchos prisioneros habían muerto durante esos años, no de enfermedad sino por las atrocidades a las que los habían sometido a diario algunos japoneses. Sin embargo, el mayor Sakata, también conocido como «palillos» por sus delgados brazos, no era considerado el villano. Su segundo al mando, el teniente Takasaki (el Sepulturero) y el sargento Ayut (el Cerdo) eran otra historia y, según le avisaron sus hombres, era mejor evitarlos a toda costa.

El coronel solo necesitó unos días para descubrir por qué.

Decidió que su primera tarea sería elevar la moral castigada de sus tropas. Como no había capellán entre los oficiales capturados, empezaba cada día oficiando un pequeño servicio de oración. Una vez terminado, los hombres empezaban a trabajar en el ferrocarril que cruzaba el campamento. Cada arduo día de trabajo consistía en construir vías para que los soldados japoneses pudieran llegar más deprisa al frente para que, a su vez, pudieran matar y capturar a más tropas aliadas. Todo prisionero sospechoso de socavar este trabajo sería declarado culpable de sabotaje y condenado a muerte sin juicio previo. El teniente Takasaki consideraba sabotaje un descanso no programado de cinco minutos.

Durante el almuerzo, los prisioneros tenían derecho a veinte minutos de pausa para compartir un cuenco de arroz —por lo general, con gusanos— y, si tenían suerte, una jarra de agua. Aunque los hombres volvían al campamento cada noche exhaustos, el coronel seguía insistiendo en organizar equipos para responsabilizarse de la limpieza de sus chozas y del estado de las letrinas.

Tras solo unos meses, el coronel fue capaz de organizar un partido de fútbol entre británicos y americanos con tanto éxito que incluso crearon una liga. Pero se alegró todavía más cuando los hombres empezaron a aprender kárate con el sargento Hawke, un corpulento australiano cinturón negro que, por si acaso, también tocaba la armónica. El pequeño instrumento había sobrevivido a la travesía por la jungla, pero todo el mundo asumía que, tarde o temprano, la acabarían encontrando y confiscando.

Todos los días, Moore renovaba su determinación de no permitir que los japoneses creyeran ni por un solo instante que habían vencido a los aliados, a pesar del hecho de que, desde que había llegado a Tonchan, había perdido otros diez kilos y, al menos, un hombre bajo su mando al día.

Para sorpresa del coronel, el comandante del campamento, a pesar de la creencia nacional japonesa de que cualquier soldado que se dejara capturar debería ser tratado como un desertor, no puso demasiados obstáculos en su camino.

—Eres como la rana toro británica —sugirió el mayor Sakata una tarde mientras observaba al coronel tallando bates de críquet con bambú.

Aquella fue una de las raras ocasiones en las que el coronel esbozó una sonrisa.

Sus auténticos problemas seguían viniendo del teniente Takasaki y sus secuaces, que consideraban que los prisioneros aliados no eran más que traidores. Takasaki siempre era especialmente cauteloso con la forma en la que trataba al coronel personalmente, pero no tenía reservas a la hora de enfrentarse al resto de rangos y, a la más mínima, confiscaba las pequeñas raciones de los soldados aliados, les propinaba una culatazo de rifle en el estómago o, incluso, los ataba a un árbol durante días.

Siempre que el coronel realizaba una queja oficial ante el comandante, el mayor Sakata lo escuchaba con compasión e, incluso, hacía el esfuerzo de purgar a los principales responsables. El momento de mayor felicidad de Moore en Tonchan fue cuando, por fin, vio al Sepulturero y al Cerdo subirse a un tren camino del frente. Nadie intentó sabotear ese viaje. El comandante los sustituyó por el sargento Akida y el cabo Sushi, conocidos por los prisioneros casi afectivamente como «Cerdo Agri-Dulce». Sin embargo, el alto mando japonés envió un nuevo número dos al campamento, el teniente Osawa, que no tardó en convertirse en «El diablo» en cuanto perpetró atrocidades que habrían hecho parecer al Sepulturero y el Cerdo organizadores de fiestas parroquiales.

A medida que iban pasando los meses, el respeto mutuo entre el coronel y el comandante fue creciendo. Sakata incluso le confesó a su prisionero inglés que había solicitado que lo enviaran al frente para unirse a la guerra real.

—Y si el alto mando aceptara mi petición —añadió el mayor—, solo habría dos suboficiales que me gustaría que me acompañaran.

El coronel Moore sabía que el mayor tenía a «Cerdo Agri-Dulce» en mente y le preocupaba lo que le podría pasar a sus hombres si los únicos tres japoneses con los que podía trabajar fueran reincorporados a sus obligaciones activas y dejaban al teniente Osawa al mando del campamento.

El coronel Moore sabía que tenía que haber sucedido algo realmente extraordinario para que el mayor Sakata fuera a su choza, algo que no había hecho nunca antes. El coronel dejó su cuenco de arroz en la mesa y pidió a los tres oficiales aliados con los que compartía el desayuno que lo esperaran fuera.

El mayor se cuadró y lo saludó.

El coronel se puso en pie, le devolvió el saludo y, mirando hacia abajo, clavó su mirada en los ojos de Sakata.

—La guerra ha acabado —dijo el oficial japonés. Durante un breve instante, Moore se temió lo peor. —Japón se ha rendido sin condiciones. Usted, señor —dijo Sakata en voz baja—, es ahora el comandante de este campo.

Al instante, el coronel ordenó el arresto de todos los oficiales japoneses en las dependencias del comandante. Mientras se ejecutaban sus órdenes, él personalmente fue en busca de «El diablo». Moore cruzó la plaza de armas y se dirigió a los cuarteles de los oficiales. Localizó la choza del segundo al mando, subió las escaleras y abrió de golpe la puerta de Osawa. Lo que se encontraron los ojos del nuevo comandante era algo que jamás olvidaría. El coronel había leído algo sobre el harakiri ceremonial, pero no tenía una idea real de en qué consistía exactamente ese acto final. El teniente Osawa debía haberse apuñalado unas cien veces antes de morir. La sangre, el hedor y la imagen del cuerpo mutilado habrían hecho vomitar a un gurja. Solo la cabeza estaba allí para confirmar que aquellos restos una vez pertenecieron a un ser humano.

El coronel ordenó a Osawa que los enterraran fuera de las puertas del campamento.

Cuando por fin se firmó la rendición de Japón a bordo del US Missouri, en la bahía de Tokio, todo el campo de prisioneros de guerra de Tonchan escuchó la ceremonia en la única radio del campamento. Entonces, el coronel Moore organizó un desfile militar completo en la plaza central. Por primera vez en dos años y medio, se puso su uniforme, que le hacían parecer un *pierrot* en una fiesta formal. Aceptó la bandera japonesa de rendición de manos del mayor Sakata en nombre de los aliados y entonces pidió al enemigo derrotado que izara la bandera estadounidense y británica al son de ambos himnos nacionales interpretados por el sargento Hawke con su armónica.

A continuación, el coronel ofició un pequeño servicio para dar gracias en presencia de todos los aliados y soldados japoneses.

Una vez que el mando cambió de manos, el coronel Moore esperó durante semanas que llegara la noticia de que volvía a casa. Muchos de sus hombres habían recibido órdenes de iniciar el viaje de diez mil millas de vuelta a Inglaterra a través de Bangkok y Calcuta, pero esa orden no llegaba para el coronel, que esperó en vano a que le enviaran sus papeles de repatriación.

Entonces, en enero de 1946, un joven oficial de la Guardia, elegantemente vestido, llegó al campo con órdenes de ver al coronel. Se le condujo al despacho del comandante y lo saludó antes de estrecharle la mano. Richard Moore miró al joven capitán que, a juzgar por su aspecto saludable, era obvio que había llegado al Lejano Oriente mucho después de que los japoneses se rindieran. El capitán le entregó una carta al coronel.

—Por fin a casa —dijo el anciano con despreocupación mientras abría el sobre solo para descubrir que pasarían años antes de que pudiera cambiar los arrozales de Tonchan por los verdes campos de Lincolnshire.

En la carta solicitaban al coronel que viajara a Tokio para representar a Gran Bretaña en el próximo tribunal de guerra que tendría lugar en la capital japonesa. El capitán Ross de la Guardia de Coldstream tomaría el relevo al mando de Tonchan.

El tribunal estaría formado por doce oficiales presididos por el general Matthew Tomkins. Moore sería el único representante británico y tenía que presentarse ante el general «lo antes posible». Le facilitarían más detalles cuando llegara a Tokio. La carta acababa diciendo: «Si, por algún motivo, necesitara mi ayuda para sus deliberaciones, no dude en ponerse en contacto conmigo personalmente». Incluía la firma de Clement Attlee.

Los oficiales del estado mayor no tenían por costumbre desobedecer a los primeros ministros, así que el coronel se resignó a prolongar su estancia en Japón.

Les llevó varios meses constituir el tribunal y, durante ese tiempo, el coronel Moore siguió supervisando la vuelta de las tropas británicas a su tierra natal. El papeleo era interminable y algunos de los hombres bajo su mando eran tan frágiles que le pareció necesario sanarlos tanto física como espiritualmente antes de subirlos a barcos con diferentes destinos. Algunos murieron mucho después de que se ratificara la declaración de rendición.

Durante ese compás de espera, el coronel Moore usó al mayor Sakata y a los dos suboficiales en quien había depositado tanta confianza, el sargento Akida y el cabo Sushi, como oficiales de enlace. Ese cambio repentino de mando no había afectado en absoluto a la relación entre los dos oficiales superiores, aunque Sakata había admitido al coronel que habría preferido morir defendiendo a su país antes que presenciar sus humillaciones. El coronel consideraba que los japoneses habían mantenido la disciplina mientras esperaban conocer su destino y la mayoría de ellos habían asumido que la muerte era la consecuencia natural de la derrota.

El tribunal de guerra tuvo su primera sesión plenaria en Tokio el 19 de abril de 1946. El general Tomkins se hizo con el control de la quinta planta del antiguo palacio de justicia imperial, en el barrio de Ginza de Tokio, uno de los pocos edificios que habían sobrevivido a la guerra. Tomkins, un hombre rechoncho y de mal carácter que su propio oficial del estado mayor describía como un «chupatintas del Pentágono», llegó a Tokio solo una semana antes de que empezaran sus primeras deliberaciones. El único martilleo que ese general había escuchado en su vida, tal como su oficial había admitido al coronel Moore, era el de las teclas de la máquina de escribir de su secretaria. Sin embargo, en lo que se refería a los procesados, el general no tenía la menor duda en cuanto a dónde radicaba la culpa y a cómo dicha culpa debía ser castigada.

«Colguemos a todos y cada uno de esos bastardos amarillos de ojos rasgados», resultó ser una de las expresiones favoritas de Tomkins.

Sentados en torno a una mesa de la antigua sala, el tribunal formado por doce hombres procedió a las deliberaciones. Estaba claro desde la sesión de apertura que el general no tenía intención de considerar «circunstancias atenuantes», «antecedentes» o «razones humanitarias». Mientras el coronel escuchaba las opiniones de Tomkins, empezó a temer por las vidas de cualquier miembro inocente de las fuerzas armadas llevado ante el general.

El coronel identificó de inmediato a cuatro americanos del tribunal que, al igual que él, no siempre estaban de acuerdo con los juicios indiscriminados del general. Dos eran abogados y otros dos habían estado luchando recientemente en el frente. Los cinco hombres empezaron a colaborar para contrarrestar las decisiones más prejuiciosas del general. Durante las semanas siguientes, fueron capaces de persuadir a uno o dos miembros más del tribunal para conmutar las sentencias de ahorcamiento por cadena perpetua para varios japoneses que habían sido condenados por crímenes que, posiblemente, no habrían podido cometer.

A medida que se fueron debatiendo los casos, el general Tomkins se encargó de dejar bien claro a los cinco hombres lo mucho que despreciaba sus opiniones.

—Malditos simpatizantes de los japos —solía sugerir y no siempre en voz baja.

Dado que el general seguía manteniendo el poder del tribunal, fueron pocos los éxitos del coronel.

Cuando llegó el momento de determinar el destino de aquellos que habían estado al mando del campo de prisioneros de guerra de Tonchan, el general pidió un ahorcamiento masivo de todos los oficiales japoneses implicados incluso antes de que tuviera lugar el juicio propiamente dicho. No mostró ninguna sorpresa cuando los cinco miembros habituales del tribunal alzaron sus voces en señal de protesta. El coronel Moore habló con elocuencia como prisionero de Tonchan y declaró en defensa del mayor Sakata, el sargento Akida y el cabo Sushi. Intentó explicar por qué colgarlos sería, en cierto modo, tan bárbaro como cualquier posible atrocidad que pudieran haber llevado a cabo los japoneses. Insistió en que su sentencia debía conmutarse por cadena perpetua. El general bostezó durante toda la intervención del coronel y, una vez que Moore acabó su exposición del caso, ni siquiera intentó justificar su postura y simplemente pidió que se procediera a votar. Para sorpresa del general, el resultado fue empate a seis: un abogado americano que antes se había puesto del lado del general, levantó la mano para unirse a los cinco del coronel. Sin dudarlo, el general hizo uso de su voto de calidad en favor de la horca.

Tomkins, con la mirada fija en Moore al otro lado de la mesa, dijo:

—Señores, según creo, ya es hora de almorzar. No sé vosotros, pero yo estoy muerto de hambre. Y nadie puede decir esta vez que no le hemos dado a esos bastardos amarillos una audiencia justa.

El coronel Moore se levantó de su asiento y, sin dar su opinión, salió de la sala.

Bajó corriendo las escaleras del palacio de justicia y le pidió a su chófer que lo llevara al cuartel general británico del centro de la ciudad lo antes posible. Tardaron algo en llegar porque siempre había una gran cantidad de gente agolpada en las calles, día y noche. Una vez en su despacho, le pidió a su secretaria que llamara a Inglaterra. Mientras cumplían su orden, Moore fue a su armario verde y hojeó unas cuantas carpetas hasta que encontró una marcada como «Personal». La abrió y sacó la carta. Quería estar seguro de recordar correctamente la frase...

«Si, por algún motivo, necesitara mi ayuda para sus deliberaciones, no dude en ponerse en contacto conmigo personalmente».

—Se va a poner al teléfono, señor —dijo la secretaria, nerviosa.

El coronel cogió el teléfono y esperó. Se dio cuenta de que se puso firme en cuanto oyó una voz amable y refinada preguntar:

—¿Es usted, coronel?

A Richard Moore le llevó menos de diez minutos explicar el problema al que se enfrentaba y obtener la autorización necesaria.

Tras la conversación, volvió al palacio de justicia. Entró

directamente a la sala de conferencias justo cuando el general Tomkins se estaba acomodando en su silla para iniciar los procedimientos de la tarde.

El coronel fue el primero que se levantó cuando el general declaró que el tribunal estaba en sesión.

—Me preguntaba si podría abrir con una declaración —solicitó.

—Adelante —respondió Tomkins—. Sea breve. Todavía nos quedan muchos japos a los que ajusticiar.

El coronel Moore recorrió con la mirada a todos los miembros de la mesa.

—Caballeros —empezó—. En estos momentos presento mi dimisión como representante británico de esta comisión.

El general Tomkins fue incapaz de reprimir su sonrisa.

—Lo hago —continuó el coronel— a regañadientes, pero con el respaldo de mi primer ministro, con el que acabo de hablar hace unos instantes. Cuando Moore compartió esa información, la sonrisa de Tomkins pasó a convertirse en un ceño fruncido. —Tengo que volver a Inglaterra para redactar un informe completo para el señor Attlee y el gabinete británico sobre la conducta de este tribunal.

—Escúchame bien, chaval —empezó el general—. No puedes...

—Sí que puedo, señor, y lo haré. A diferencia de usted, no estoy dispuesto a manchar mis manos con la sangre de soldados inocentes para el resto de mi vida.

—Escúchame bien, chaval —repitió el general—. Al menos hablemos del tema antes de que hagas algo que pudieras lamentar.

No se hizo ningún receso durante el resto de día y, a últimas horas de la tarde, ya se habían conmutado las penas del mayor Sakata, el sargento Akida y el cabo Sushi por cadena perpetua.

Un mes después, el general Tomkins fue convocado al Pentágono y lo sustituyó un marine americano condecorado en combate durante la I Guerra Mundial.

Durante las semanas siguientes, el nuevo nombramiento

conmutó las penas de muerte de doscientos veintinueve prisioneros de guerra japoneses.

El coronel Moore volvió a Lincolnshire el 11 de noviembre de 1948, harto de la realidad de la guerra y de las hipocresías de la paz.

*

Menos de dos años después, Richard Moore fue ordenado sacerdote y enviado a una parroquia de una adormilada aldea de Weddlebeach, en Suffolk. Recibió con alegría su vocación y, aunque rara vez mencionaba a sus parroquianos sus experiencias en tiempos de guerra, solía recordar sus días en Japón.

—Dios bendiga a los pacificadores porque de ellos será… —empezó el cura su sermón desde el púlpito una mañana de Domingo de Ramos de principios de la década de 1960, pero no pudo terminar la frase.

Sus parroquianos levantaron la mirada con preocupación solo para ver cómo se dibujaba una enorme sonrisa en la cara de sacerdote al ver a alguien sentado en la tercera fila.

El hombre al que estaba mirando agachó la cabeza, avergonzado, y el cura prosiguió al instante con su sermón.

Una vez acabado el servicio, Richard Moore esperó junto a la puerta este para asegurarse de que no le habían engañado sus ojos. Cuando se encontraron cara a cara por primera vez en quince años, ambos hombres se saludaron con un gesto de cabeza y luego se estrecharon las manos.

Al sacerdote le agradó saber aquel mismo día durante el almuerzo en la casa parroquial que «Palillos» Sakata había sido liberado tras solo cinco años de prisión gracias al acuerdo de los aliados con el recién creado gobierno japonés para que se liberara a todos los prisioneros que no hubieran cometido delitos capitales. Cuando el coronel le preguntó por «Cerdo Agri-Dulce», el mayor admitió que había perdido el contacto con el sargento Akida (Dulce), pero que el cabo Sushi (Agri) y él trabajaban en la misma empresa de electrónica.

—Y siempre que nos vemos —le aseguró al cura—, hablamos del hombre honorable que nos salvó la vida: «la Rana toro británica».

Con el paso de los años, el sacerdote y su amigo japonés fueron progresando en sus respectivas profesiones y se escribían con regularidad. En 1971, Ari Sakata asumió la dirección de una gran empresa de electrónica en Osaka, mientras que dieciocho meses después, Richard Moore se convirtió en el reverendísimo Richard Moore, deán de la catedral de Lincoln.

—He leído en el London Times que su catedral necesita un nuevo tejado —le escribió Sakata desde su ciudad en 1975.

—Nada fuera de lo normal —le explicó el deán en su carta de respuesta—. No hay ni una sola catedral en Inglaterra que no tenga madera podrida o que haya sufrido daños en los bombardeos. Esto último, me temo, sería definitivo, mientras que lo primero tendría, al menos, una posibilidad de reparación.

Unas semanas después, el deán recibió un cheque por diez mil libras de una empresa de electrónica japonesa no del todo desconocida.

Cuando, en 1979, el reverendísimo Richard Moore fue nombrado obispo de Taunton, el nuevo director general de la compañía de electrónica más grande de Japón voló a Inglaterra para asistir a su consagración.

—Por lo que veo, tienes otro problema de tejado —comentó Ari Sakata mientras observaba el andamiaje que rodeaba el púlpito—. ¿Cuánto va a costar esta vez?

—Al menos veinticinco mil libras al año —respondió el obispo sin pensarlo—. Solo para asegurarnos de que no se cae el tejado sobre la congregación durante mis sermones más severos. Suspiró ante las evidencias de reconstrucción que lo rodeaban. —En cuanto me instale en mi nuevo puesto, intentaré realizar el llamamiento adecuado para garantizar que mi sucesor no tenga que preocuparse por el tejado nunca más.

El director general asintió con la cabeza para mostrar su comprensión. Una semana después, un cheque de veinticinco mil libras llegó a la mesa del sacerdote.

El obispo se esforzó por expresar su agradecimiento. Sabía que no podía permitir que Palillos pensara que semejante gesto de generosidad era algo incorrecto, ya que podría tomárselo como un insulto y, sin duda, pondría fin a su relación. Reescribió y reescribió una y otra vez la versión final de su larga carta manuscrita para asegurarse de que resultaría aceptable para el mandarín del Ministerio de asuntos exteriores encargado de la sección japonesa. Por fin envió la carta.

A medida que iban pasando los años, Richard Moore empezó a tener miedo de escribir a su viejo amigo más de una vez al año, ya que cada carta provocaba el envío de un cheque por una cantidad todavía mayor. Y, cuando a finales de 1986 decidió escribirle, no hizo la más mínima referencia a la decisión del deán y del cabildo de designar 1988 año de llamamiento de la catedral. Tampoco le dijo nada sobre su cada vez más delicada salud para que el viejo japonés no se sintiera de alguna forma responsable, ya que su médico le había avisado de que no podía esperar reponerse por completo de todas sus experiencias en Tonchan.

El obispo se dispuso a formar su comité de llamamiento en enero de 1987. El Príncipe de Gales se convirtió en patrocinador y el representante de la Corona en el condado en su presidente. En su discurso de apertura a los miembros del comité del llamamiento, el obispo les dijo que era su obligación conseguir un mínimo de tres millones de libras durante 1988. Miradas aprensivas aparecieron en los rostros de los congregados en torno a la mesa.

El 11 de agosto de 1987, el obispo de Taunton estaba arbitrando un partido de críquet cuando, de repente, sufrió un ataque al corazón.

—Asegúrate de que los folletos del llamamiento se imprimen a tiempo para la siguiente reunión —fueron sus últimas palabras al capitán del equipo local.

El servicio en memoria del obispo Moore tuvo lugar en la catedral de Tauton, oficiado por el arzobispo de Canterbury. Aquel día no quedó ni un solo asiento libre en la catedral y fueron tantos los que se amontonaron en sus bancos que tuvieron que dejar abierta la puerta oeste. Los que llegaron tarde tuvieron que escuchar al arzobispo por los altavoces instalados en la plaza del mercado.

Los curiosos que pasaban por allí seguramente se quedarían perplejos ante la presencia de varios ancianos japoneses salpicados entre la congregación.

Cuando terminó el servicio, el arzobispo mantuvo una reunión privada en la sacristía de la catedral con el presidente de la empresa de electrónica más grande del mundo.

—Usted debe ser el señor Sakata —dijo el arzobispo, estrechando efusivamente la mano del hombre que se destacó del pequeño grupo de japoneses que había asistido al oficio—. Muchas gracias por tomarse la molestia de escribir para informarme de que vendría. Me alega mucho conocerlo por fin. El obispo siempre hablaba de usted con gran afecto y lo consideraba un buen amigo. «Palillos», si no recuerdo mal.

El señor Sakata hizo una reverencia.

—Y también sé que siempre se había sentido en deuda con usted por su generosidad durante todos estos años.

—No, no, yo no —respondió el antiguo mayor—. Yo, al igual que mi querido amigo el difunto obispo, solo soy representante de una autoridad superior.

El arzobispo parecía confuso.

—Señor —continuó el Sakata—, yo solo soy el presidente de la empresa. ¿Me concede el honor de presentarle a mi presidente?

El señor Sakata dio un paso atrás y dejó que una figura incluso más pequeña, que el arzobispo había asumido que no era más que parte de su séquito, diera un paso adelante.

El presidente se inclinó y, sin mediar palabra, le entregó un sobre el arzobispo.

—¿Puedo abrirlo? —preguntó el líder de la iglesia al desconocer la costumbre japonesa de esperar a que la persona se haya ido.

El hombrecillo volvió a inclinarse.

El arzobispo abrió el sobre y de él sacó un cheque de tres millones de libras.

—El difunto obispo debe haber sido un muy buen amigo —fue lo único que se le ocurrió decir.

—No, señor —respondió el presidente—. No tuve el placer de conocerlo.

—Entonces debió de hacer algo increíble para merecer un gesto tan generoso.

—Realizó un acto de honor hace más de cuarenta años y ahora solo intento devolverle el gesto, aunque sea de forma inadecuada.

—Entonces seguro que le habría recordado —dijo el arzobispo.

—Es posible que me recordara, pero como la mitad agria del «Cerdo Agri-Dulce».

Hay una catedral en Inglaterra que jamás ha considerado necesario realizar un llamamiento a la generosidad nacional.

JAQUE MATE

EN CUANTO ENTRÓ en la habitación, todas las miradas se giraron hacia ella.

Algunos hombres, cuando admiran a una mujer, empiezan por la cara y luego van bajando. Yo empiezo por los tobillos para luego ir subiendo.

Llevaba unos zapatos de terciopelo negro de tacón alto y un vestido negro ajustado que paraba a la altura justa de las rodillas como para revelar unas piernas perfectamente esculpidas. En su camino de subida, mis ojos se detuvieron en su estrecha cintura y su esbelta figura atlética. Pero fue su rostro ovalado lo que acabó de cautivarme, con sus labios levemente prominentes y los ojos azules más grandes que había visto en mi vida, coronado con una densa melena negra que, literalmente, brillaba. Su entrada resultaba incluso más impresionante por el entorno que había escogido. Las caras se habrían girado en una recepción diplomática, un cóctel social e incluso un baile benéfico, pero en un torneo de ajedrez...

Seguí cada uno de sus movimientos, incapaz de aceptar, no sin cierta condescendencia, que pudiera tratarse de una jugadora. Se acercó despacio a la mesa de la secretaria del club y firmó para demostrar que me equivocaba. Le entregaron un número para indicar a su contrincante en la partida de apertura. Todos aquellos a los que todavía no se les había asignado un oponente esperaron a ver si era ella la que ocupaba la silla opuesta al otro lado del tablero.

La jugadora comprobó el número que le habían dado y se dirigió a un señor mayor que estaba sentado en la otra esquina de la habitación, un antiguo capitán del club ahora apartado.

Como nuevo capitán, me había encargado de inaugurar la liga de ajedrez. Nos reunimos el último viernes del mes en una gran sala encima del Mason's Arms, en High Street. El propietario se asegura de colocar treinta mesas, y de que tengamos comida y bebida disponibles. Tres o cuatro clubes del distrito envían media docena de oponentes para jugar unas cuantas partidas relámpago, dándonos así la oportunidad de enfrentarnos a rivales con los que normalmente no jugaríamos. Las normas de las partidas eran simples: un minuto de reloj como máximo para cada movimiento de forma que la partida rara vez dura más de una hora y, si no se captura ningún peón en treinta movimientos, la partida se declara automáticamente en tablas. Un pequeño descanso para beber algo entre partidas, a cuenta del perdedor, garantiza que todo el mundo tiene la posibilidad de retar a dos oponentes durante la tarde.

Un hombre delgado con gafas de media luna y un traje de tres piezas azul marino se acercó a mi tablero. Sonreímos y estrechamos las manos. Me dio la impresión de que, seguramente, sería abogado, pero resultó ser un contable que trabajaba para una empresa de artículos de papelería de Woking.

Me costó mucho concentrarme en la apertura de Moscú bien ensayada de mi oponente porque mis ojos iban y venían entre el tablero y la chica del vestido negro. En la única ocasión en la que nuestros ojos se encontraron, ella me obsequió una sonrisa enigmática, pero aunque lo volví a intentar, fui incapaz de obtener la misma respuesta una segunda vez. A pesar de estar absorto, me las arreglé para derrotar al contable, que parecía desconocer que había varias formas de salir de un ataque de los siete peones.

En el descanso, otros tres miembros del club la invitaron a una bebida antes incluso de que yo pudiera llegar a la barra. Sabía que no podría jugar mi siguiente partida contra aquella chica porque se suponía que tenía que enfrentarme a uno de los capitanes del equipo visitante. De hecho, ella acabó jugando contra el contable.

Gané a mi nuevo oponente en poco más de cuarenta minutos y, como anfitrión solícito que soy, empecé a interesarme por el resto de partidas todavía en juego. Di todo un rodeo para garantizarme terminar en su mesa. Pude ver que el contable ya se había hecho con sus mejores piezas y, tan solo unos minutos después de mi llegada, había perdido la reina y la partida.

Me presenté y descubrí que estrechar su mano ya era de por sí una experiencia sexual. Abriéndonos paso entre las mesas, conseguimos llegar juntos a la barra. Según me dijo, se llamaba Amanda Curzon. Pedí la copa de vino tinto que Amanda había solicitado y media pinta de cerveza para mí. Empecé compadeciéndola por su derrota.

—¿Cómo lo has hecho? —preguntó.

—Solo me las he arreglado para ganarle —respondí—. Pero he estado a punto de perder. ¿Qué tal tu primera partida con nuestro antiguo capitán?

—Tablas por ahogado —dijo Amanda—. Pero creo que solo estaba siendo cortés.

—La última vez que jugué contra él acabamos en ahogado —le conté.

Ella sonrió.

—Quizá deberíamos echar una partida algún día.

—Estaría encantado —respondí mientras ella se acababa su vino.

—Bueno, ya es hora de que me vaya —anunció de repente—. Tengo que coger el último tren a Hounslow.

—Permítame llevarla—dije con galantería—. Es lo menos que un anfitrión debe hacer.

—Pero seguro que le supondría un gran desvío.

—Por supuesto que no —mentí.

De hecho, Hounslow estaba a unos veinte minutos de mi apartamento. Me bebí la última gota de mi cerveza y ayudé a Amanda a ponerse el abrigo. Antes de irnos, le di las gracias al propietario por su eficiente organización de la velada.

Luego nos fuimos dando un paseo hasta el aparcamiento. Abrí la puerta del acompañante de mi Scirocco para que Amanda subiera.

—Mucho mejor que el transporte público londinense —dijo ella mientras me subía a mi lado del coche.

Sonreí y me incorporé a la carretera en dirección norte. Cuando una chica se acomoda en un Scirocco, es inevitable que un vestido negro como el que antes había descrito se subiera un poco más por sus piernas. No era algo que pareciera preocuparle.

—Todavía es muy pronto —me arriesgué a decir tras unos cuantos comentarios intrascendentes sobre la velada en el club—. ¿Tiene tiempo para una copa?

—Tendría que ser una muy rápida —respondió, mirando su reloj—. Mañana me espera un día bastante ajetreado.

—Por supuesto —dije, con la esperanza de que no percibiera un desvío difícil de justificar como lugar de paso camino de Hounslow.

—¿Trabaja en la ciudad? —preguntó.

—Sí. Soy recepcionista en una firma de agentes inmobiliarios, en Berkeley Square.

—Me sorprende que no sea modelo.

—Antes lo era —respondió sin entrar en detalles.

Parecía no ser demasiado consciente de la ruta que estaba tomando mientras charlábamos sobre sus planes de vacaciones en Ibiza. Una vez en nuestro destino, aparqué el coche y la conduje por la puerta principal de mi edificio hasta mi apartamento. En la entrada, la ayudé a quitarse el abrigo antes de acompañarla hasta el salón.

—¿Qué te apetecería beber? —pregunté.

—Mejor me ciño al vino, si es que tienes alguna botella abierta —respondió, mientras se daba una vuelta por una habitación inusualmente ordenada. «Mi madre debe haberse pasado por aquí esta mañana», pensé, agradecido.

—Es solo un piso de soltero —dije, poniendo especial énfasis en la palabra «soltero» antes de entrar en la cocina.

Por suerte, encontré una botella de vino sin abrir en la despensa. Unos minutos después, me uní a Amanda con la botella y dos copas. Estaba estudiando mi tablero de ajedrez y acariciando las delicadas piezas de marfil colocadas para una partida que estaba jugando por correo.

—Qué tablero tan bonito —comentó mientras le entregaba una copa de vino—. ¿Dónde lo encontraste?

—En México —le dije, sin explicarle que lo gané en un torneo que jugué allí en vacaciones—. Solo siento que no hayamos tenido la posibilidad de enfrentarnos.

Amanda miró su reloj.

—Tengo tiempo para una partida rápida —dijo, sentándose tras las pequeñas piezas blancas.

Me acomodé de inmediato al otro lado. Sonrió, cogió un alfil blanco y otro negro, y los escondió tras su espalda. Su vestido se tensó incluso más, poniendo todavía más énfasis en la forma de sus pechos. Luego puso sus dos puños cerrados ante mí. Le di un toquecito a la mano derecha y, cuando la giró, reveló un alfil blanco.

—¿Apostamos algo? —pregunté con tono relajado.

Miró dentro de su bolso de fiesta.

—Solo llevo unas libras —dijo.

—Aceptaría una apuesta baja.

—¿Qué tienes en mente? —preguntó.

—¿Qué me puedes ofrecer?

—¿Qué te gustaría?

—Diez libras si ganas.

—¿Y si pierdo?

—Te quitas algo.

Lamenté esas palabras en cuanto las pronuncié y me preparé para que me abofeteara la cara y se fuera, pero se limitó a responder:

—El riesgo no es grande si solo jugamos una partida.

Asentí con la cabeza y bajé la mirada al tablero.

No era mala jugadora —lo que los profesionales llaman un *patzer*—, aunque la apertura Roux era algo ortodoxa. Me las arreglé para que la partida durara veinte minutos sacrificando varias piezas sin que resultara demasiado obvio. Cuando dije «jaque mate», se quitó los zapatos y rompió a reír.

—¿Te apetece otra copa? —pregunté, sin albergar demasiadas esperanzas—. Después de todo, ni siquiera son las once.

—Vale. Una pequeña y después me voy.

Fui a la cocina, volví unos instantes después aferrado a la botella y rellené su copa.

—Solo quería media copa —dijo, frunciendo el ceño.

—He tenido suerte de ganar —respondí, ignorando su comentario—, después de que tu alfil capturara mi caballo. Una partida extremadamente reñida.

—Quizá —replicó.

—¿Otra? —me aventuré.

Amanda dudó.

—¿Doble o nada?

—¿A qué te refieres?

—¿Veinte libras u otra prenda?

—Ninguno de los dos vamos a perder mucho esta noche, ¿verdad?

Volvió a su silla mientras yo le daba la vuelta al tablero y ambos empezamos a colocar las piezas de marfil en su sitio.

La segunda partida duró un poco más porque cometí un error estúpido al principio, al enrocarme al lado de la reina, y necesité varios movimientos para recuperarme. Con todo, me las arreglé para acabar la partida en menos de treinta minutos e incluso me quedó tiempo para rellenar la copa de Amanda cuando no estaba mirando.

Me sonrió mientras se subía el vestido lo suficiente como para que pudiera ver la parte superior de sus medias. Se desabrochó el liguero y, despacio, se las fue quitando para luego dejarlas caer junto a la mesa.

—Casi te gano esta vez —señaló.

—Casi —respondí—. ¿Otra oportunidad para vengarte? Digamos cincuenta libras esta vez —sugerí, intentando hacer que la oferta pareciera magnánima.

—Las apuestas están subiendo para los dos —respondió mientras volvía a colocar las piezas.

Me preguntaba qué se le estaría pasando por la cabeza. Fuera lo que fuera, sacrificó tontamente ambas torres muy pronto y la partida ya había terminado en cuestión de minutos.

Una vez más, se levantó el vestido, aunque en esta ocasión por encima de la cintura. No podía apartar los ojos de sus muslos mientras se quitaba el liguero y lo sostenía por encima de su cabeza antes de dejarlo caer sobre sus medias, al lado de la mesa.

—Una vez que perdí la segunda torre —dijo—, ya no tenía la más mínima posibilidad.

—Estoy de acuerdo. Por eso creo que lo justo sería que te diera una oportunidad más —dije, volviendo a colocar las piezas en el tablero a toda prisa—. Después de todo, esta vez podrías ganar cien libras.

Ella sonrió.

—Debería irme a casa —dijo, mientras adelantaba el peón de la reina dos casillas.

Volvió a dibujar esa sonrisa enigmática mientras contraatacaba con el peón del alfil.

Era la mejor partida que había jugado en toda la noche y su uso del gambito de Varsovia me tuvo pegado al tablero más de treinta minutos. De hecho, casi pierdo porque me costaba concentrarme en su estrategia de defensa. Amanda se rió entre dientes varias veces cuando pensó que ya me tenía, pero se hizo evidente que no había visto a Karpov jugar la defensa siciliana y ganar desde una posición aparentemente imposible.

—Jaque mate —declaré por fin.

—¡Maldita sea! —exclamó y, de pie, me dio la espalda—. Vas a tener que echarme una mano.

Tembloroso, me incliné y, despacio, bajé la cremallera hasta llegar a la parte baja de su espalda. Una vez más, quería acariciar su suave piel color crema. Se dio la vuelta para mirarme, se encogió de hombros con elegancia y dejó caer el vestido al suelo como si estuviera desvelando una estatua. Se inclinó hacia delante y me acarició la mejilla con la mano, lo que me provocó el mismo efecto que una descarga eléctrica. Vacié la botella de vino en su copa y me fui a la cocina con la excusa de ir a buscar otra para mí. Cuando volví, no se había movido. Un vaporoso sujetador negro y unas braguitas eran lo único que la cubría y todavía tenía la esperanza de poder verlos caer.

—Imagino que no querrás jugar otra partida, ¿no? —pregunté, intentando no sonar desesperado.

—Será mejor que me lleves a casa —dijo con una risita.

Le pasé otra copa de vino.

—Venga, solo una más —le supliqué—. Pero esta vez deberán ser cuatro prendas.

Se echó a reír.

—Por supuesto que no —dijo—. No podría permitirme perder.

—Tendría que ser la última partida —le di la razón—. Venga,

doscientas libras esta vez y jugamos por dos prendas —esperé, deseando que el tamaño de la apuesta la tentara—. Está claro que las probabilidades están de tu parte. Después de todo, casi ganas tres veces.

Amanda dio un sorbo a su bebida como si estuviera considerando la propuesta.

—De acuerdo —dijo—. La última.

Ninguno de los dos nos atrevimos a verbalizar lo que seguramente pasaría si perdía.

No podía dejar de temblar mientras volvía a colocar las piezas una vez más. Despejé la mente con la esperanza de que no se hubiera percatado de que solo había bebido una copa de vino en toda la noche. Estaba decidido a terminar lo antes posible.

Adelanté el peón de la reina una casilla. Ella contraatacó moviendo el peón de su rey dos casillas. Sabía exactamente cuál debía ser mi siguiente movimiento y, por eso, la partida solo duró once minutos.

Jamás me habían ganado de esa manera en mi vida. Amanda estaba en un nivel infinitamente superior al mío. Se anticipó a cada uno de mis movimientos, y usó gambitos que jamás había visto y sobre los que nunca había leído antes.

Esta vez fue ella la que dijo «jaque mate», esbozando esa misma sonrisa enigmática de antes, y añadió:

—Como bien has dicho, esta vez, las probabilidades estaban de mi parte.

Agaché la cabeza, incrédulo. Cuando volví a levantarla, ya se había puesto su bonito vestido negro, y estaba metiendo su liguero y sus medias en el bolso. Unos segundos después, se puso los zapatos.

Saqué mi chequera, rellené el nombre «Amanda Curzon» y añadí la cifra «200 libras», la fecha y la firma. Mientras lo hacía, volvió a colocar las pequeñas piezas de marfil en los lugares exactos en los que estaban cuando entró por primera vez en la habitación.

Se inclinó y me besó con suavidad en la mejilla.

—Gracias —dijo, mientras introducía el cheque en su bolso—. Deberíamos volver a jugar otro día.

Todavía seguía mirando el tablero recién colocado con incredulidad cuando oí como cerraba la puerta principal tras de sí.

—Espera un minuto —dije mientras corría hacia la entrada—. ¿Cómo piensas volver a casa?

Llegué justo a tiempo para ver como bajaba corriendo las escaleras hasta la puerta abierta de un BMW. Al sentarse, pude ver una vez más aquellas largas y perfectamente esculpidas piernas. Sonrió mientras cerraba la puerta.

El contable rodeó el coche hasta el lado del conductor, entró, pisó el acelerador y se llevó el premio a casa.

EL CATADOR DE VINOS

LA PRIMERA VEZ QUE VI a Sefton Hamilton fue a finales de agosto del año pasado, cuando mi mujer y yo estábamos cenando con Henry y Suzanne Kennedy, en su casa de Warwick Square.

Hamilton era uno de esos hombres desafortunados que había heredado una inmensa fortuna, pero poco más. Nos convenció deprisa de que no tenía demasiado tiempo para leer y nada de tiempo para asistir al teatro o la ópera. Sin embargo, eso no impidió que tuviera una opinión sobre cualquier tema, desde Shaw a Pavarotti, desde Gorbachov a Picasso. Se quedó perplejo, por ejemplo, ante el hecho de que un desempleado se quejara por que su subsidio solo fuera algo inferior a lo que percibían, en esos momentos, los jornaleros de su hacienda. De todas formas, según nos aseguró, se lo gastaban todo en bingo y alcohol.

Hablar de bebida me llevó a otro invitado a la cena de esa noche: Freddie Barker, presidente de la Wine Society, sentado frente a mi mujer y que, a diferencia de Hamilton, a duras penas pronunció palabra. Henry me había asegurado por teléfono que Barker no solo había conseguido que la sociedad volviera a una situación financiera saneada, sino que también era reconocido por ser toda una autoridad en lo suyo. Esperaba poder recabar algo de información privilegiada. Cada vez que le dejaban meter baza, Barker demostraba tener suficiente conocimiento del tema en cuestión como para convencerme de que sería fascinante si Hamilton fuera capaz de callarse el tiempo suficiente como para dejarlo hablar.

Mientras nuestra anfitriona nos servía como entrante un maravilloso suflé de espinacas que se deshacía en la boca, Henry pasaba por toda la mesa llenándonos las copas de vino.

Barker lo olió para apreciarlo.

—Lo apropiado en un año bicentenario es que bebamos un Chablis australiano de una cosecha tan buena. Estoy seguro de que sus blancas pronto harán que los franceses tengan que espabilar.

—¿Australiano? —dijo Hamilton, incrédulo, mientras se quitaba las gafas—. ¿Cómo podría una nación de bebedores de cerveza saber algo sobre cómo producir un vino medio decente?

—Creo que los australianos —empezó Barker— te parecerían...

—Bicentenarios, por supuesto —continuó Hamilton—. Seamos realistas, solo están celebrando doscientos años de libertad condicional —nadie se rio excepto Hamilton—. Si me dieran la oportunidad, yo seguiría enviando al resto de nuestros criminales allí.

Nadie lo dudó ni por un segundo.

Hamilton bebió un sorbo de su vino como si temiera que lo envenenasen y entonces empezó a explicar por qué, desde su punto de vista, los jueces eran demasiado indulgentes con los criminales de poca monta. Acabé concentrándome más en la comida que en el incesante flujo de opiniones de mi vecino.

Siempre me había gustado el solomillo Wellington y Suzanne había sido capaz de preparar una masa que no se desmenuzaba cuando la cortabas y la carne estaba tan tierna que, tras acabarme una primera ración, no pude evitar pensar en Oliver Twist. Desde luego me ayudó a soportar a Hamilton pontificando. Barker se las arregló para deslizar un elogio a Henry por la calidad del burdeos entre dos opiniones de Hamilton sobre las posibilidades de que Paddy Ashdown resucitara al partido liberal y sobre el papel de Arthur Scargill en el movimiento sindical sin dar la más mínima oportunidad a nadie de responder.

—No permito que mis empleados se sindiquen —declaró Hamilton, mientras se bebía de un trago su copa—. Dirijo una empresa de un solo sindicato.

Volvió a reírse de su propio chiste y levantó su copa vacía como si se fuera a llenar por arte de magia. De hecho, fue Henry quien la llenó con una discreción que debería haber avergonzado a Hamilton, si es que se hubiera dado cuenta. Durante la breve pausa posterior, mi mujer sugirió que, quizá, el movimiento sindicalista surgió como respuesta a una auténtica necesidad social.

—Tonterías, señora —dijo Hamilton—. Con todo mi respeto, los sindicatos han sido el principal factor del declive de Gran Bretaña tal y como la conocemos. Únicamente se preocupan por ellos mismos. Solo tienes que echar un vistazo a Ron Todd y el absoluto fiasco de Ford para comprenderlo.

Suzanne empezó a quitar los platos y me di cuenta de que aprovechó la oportunidad para darle un codazo a Henry, que cambio de tema al instante.

Minutos después, apareció un merengue de frambuesa glaseado con una densa salsa. Era toda una pena tener que cortar semejante creación, pero Suzanne lo dividió con cuidado en seis generosas raciones como una abuelita alimentando a sus nietecitos mientras Henry descorchaba un Sauternes de 1981. Barker, literalmente, se relamió al verlo.

—Y otra cosa —estaba diciendo Hamilton—, el primer ministro tiene demasiados blandengues en el gobierno para mi gusto.

—¿Por quiénes los sustituirías tú? —preguntó Barker inocentemente.

Herodes no habría tenido demasiados problemas para convencer a la lista de caballeros que Hamilton profirió de que la matanza de los inocentes no era más que una extensión del programa de atención a la infancia.

Una vez más, me interesaban más los esfuerzos culinarios de Suzanne, sobre todo porque me permitió un capricho: sirvió cheddar como plato final. En cuanto lo probé supe que lo habían comprado en la granja de los hermanos Alvis, en Keynsham; todos somos entendidos en algo y, en mi caso, el cheddar es mi especialidad.

Para acompañar al queso, Henry nos obsequió un oporto que fue el punto culminante de la velada.

—Sandeman de 1970 —dijo en un aparte a Barker mientras vertía las primeras gotas en la copa del experto.

—Sí, por supuesto —dijo Barker, acercándoselo a la nariz—. Lo habría reconocido en cualquier parte. La típica calidez del Sandeman pero con mucho cuerpo. Espero que hayas reservado alguna botella, Henry —añadió—. Lo disfrutarás incluso más cuando seas mayor.

—Parece que es un experto en vinos, ¿no? —dijo Hamilton, su primera pregunta en toda la noche.

—No exactamente —empezó Barker—, pero...

—Sois todos una panda de farsantes —interrumpió Hamilton—. Oléis y giráis, probáis y escupís, y luego soltáis un montón de jerigonza y esperáis que nos la traguemos. ¡Cuerpo y calidez dice! No me vas a engañar con tanta facilidad.

—Nadie lo pretendía —dijo Barker de forma emotiva.

—Lleva toda la noche intentando engañarnos —respondió Hamilton—, con todo ese «Sí, por supuesto, lo habría reconocido en cualquier parte». Venga, admítalo.

—No era mi intención sugerir... —añadió Barker.

—Si quiere se lo demuestro —dijo Hamilton.

Los cinco miramos al desagradecido invitado y, por primera vez esa noche, me pregunté qué pasaría después.

—Según he oído decir —continuó Hamilton—, Sefton Hall

presume de tener una de las mejores bodegas de Inglaterra. Mi padre acaparaba botellas y su padre antes que él, pero tengo que confesar que no he encontrado tiempo para continuar con la tradición —Barker asintió, incrédulo—. Pero mi mayordomo sabe exactamente lo que me gusta. Por eso, le invito, señor, a que se una a mí dentro de dos sábados para almorzar y le presentaré cuatro vinos de las mejores cosechas para su consideración. Y le ofrezco una apuesta —añadió, mirando directamente a Barker—. Quinientas libras contra cincuenta por botella que seguro que no es capaz de reconocer ninguna de ellas. No podrá decir que no es una oferta tentadora.

Miró con beligerancia al distinguido presidente de la Wine Society.

—La cantidad es tan alta que preferiría...

—¿No aceptar el reto, eh, Barker? Entonces, señor, usted es un cobarde, además de un farsante.

Tras la incómoda pausa posterior, Barker respondió:

—Como desee, señor. Según parece, no tengo más opción que aceptar su reto.

Una sonrisa de satisfacción se dibujó en la cara del otro hombre.

—Deberías venir como testigo, Henry —dijo, girándose hacia nuestro anfitrión. —¿Y por qué no te traes a ese escritor tuyo? —añadió, señalándome—. Así, por una vez, tendrá algo de verdad sobre lo que escribir.

A juzgar por la actitud de Hamilton, era obvio que daban igual los sentimientos de nuestras mujeres. Mary me dedicó una sonrisa irónica.

Henry me miró con ansiedad, pero me alegraba ser observador en este drama en desarrollo. Asentí con la cabeza.

—Bien —dijo Hamilton, levantándose de la mesa con la servilleta todavía en el cuello—. Espero verlos a los tres en Sefton Hall dentro de dos semanas, el sábado. Digamos... ¿a las doce y media?

Le hizo un gesto con la cabeza a Suzanne.

—Me temo que no voy a poder unirme a vosotros —dijo,

despejando cualquier posible duda en caso de que la hubieran incluido en la invitación—. Los sábados siempre como con mi madre.

Hamilton agitó una mano para señalar que no le interesaba lo más mínimo.

Una vez que el extraño invitado se hubiera ido, nos sentamos en silencio unos instantes antes de que Henry se animara a hablar.

—Lo siento mucho —empezó—. Mi madre y su tía son amigas y me había pedido varias veces ya que lo invitara a cenar. Según parece, nadie más quiere hacerlo.

—No te preocupes —dijo Barker al fin—. Haré todo lo posible para no decepcionarte. Y a cambio de tanta hospitalidad, ¿cabe la posibilidad que me reservarais el sábado por la noche? Hay —explicó— un mesón cerca de Sefton Hall al que llevo tiempo queriendo ir: el Hamilton Arms. Me han asegurado que la comida es más que adecuada, pero la carta de vinos... —dudó—, según los expertos, es excepcional.

Henry y yo consultamos nuestras agendas y aceptamos su invitación encantados.

Pensé mucho en Sefton Hamilton durante los diez días posteriores y esperé nuestra comida con una mezcla de aprensión e ilusión. El sábado por la mañana, Henry nos llevó en coche a Sefton Park y llegamos un poco después de las doce y media. De hecho, cruzamos las enormes puertas de hierro forjado a las doce y media en punto, pero no llegamos a la puerta principal de la casa hasta las doce y treinta y siete.

Antes de que tuviéramos la posibilidad de llamar a la gran puerta de roble, nos abrió un hombre alto y elegante vestido con frac, cuello de puntas y corbata negra. Se presentó como Adams, el mayordomo. Entonces nos escoltó hasta el gabinete, donde nos recibió una enorme chimenea de leña. Sobre ella, colgaba un cuadro de un hombre reprobador que, supuse, era el abuelo de Sefton Hamilton. En las otras paredes, había un inmenso tapiz de la Batalla de Waterloo y un gran óleo de la Guerra de Crimea. Toda la habitación estaba decorada con muebles antiguos y la única escultura expuesta era una figura griega lanzando un disco. Mientras miraba a mi alrededor, reflexionaba sobre el hecho de que lo único que parecía de este siglo era el teléfono.

Sefton Hamilton entró en la habitación como un vendaval azotando una desdichada ciudad costera. Se quedó de pie, de espaldas a la chimenea, bloqueando cualquier posible calor del que pudiéramos haber estado disfrutando hasta entonces.

—¡*Whisky*! —vociferó mientras Adams volvía a aparecer—. ¿Barker?

—No, gracias —dijo Barker con una leve sonrisa.

—Ah —reaccionó Hamilton—. Quieres mantener tus papilas gustativas lo más sensible posible, ¿eh?

Baker no respondió. Antes de pasar al almuerzo, averiguamos que la propiedad tenía siete mil acres y una de las mejores zonas de caza fuera de Escocia. La casa contaba con ciento doce habitaciones, una o dos de ellas Hamilton no las había visitado desde su infancia. Según nos aseguró, el propio tejado tenía una extensión de un acre y medio, número que recordaré durante largo tiempo porque es lo mismo que ocupa mi jardín.

En el reloj de pie de la equina de la habitación dio la una.

—Ha llegado el momento de empezar el concurso —declaró Hamilton y salió de la habitación como un general que asume que sus tropas lo seguirán sin cuestionarlo.

Y eso fue justo lo que hicimos, bajando por un pasillo de treinta metros hasta el comedor. Entonces los cuatro nos sentamos en torno a una mesa de roble del siglo XVII con espacio suficiente como para veinte comensales.

En el centro de la mesa, había dos decantadores georgianos y dos botellas sin etiqueta. La primera botella estaba llena con un vino blanco claro, el primer decantador con uno tinto, la segunda botella con un blanco más intenso y el segundo decantador con una sustancia roja oscura. Delante de los cuatro vinos había cuatro tarjetas blancas. Junto a cada una, un delgado fajo de billetes de cincuenta libras.

Hamilton se sentó en una enorme silla presidiendo la mesa, mientras que Barker y yo nos sentamos uno frente al otro en el centro, dejando a Henry en la última silla, al otro extremo de la mesa.

El mayordomo se quedó de pie, un paso por detrás de la silla de su señor. Asintió con la cabeza y aparecieron cuatro sirvientes con el primer plato. Frente a cada uno de nosotros dejaron una tarrina de pescado y gambas. Con un gesto de cabeza, Hamilton ordenó a Adams que cogiera la primera botella y empezara a llenar la copa de Barker, que esperó a que las otras tres copas estuvieran también llenas para empezar su ritual.

Primero giró el vino dentro de la copa mientras lo estudiaba detenidamente. Luego lo olió. Dudó un instante y una mirada de sorpresa se hizo en su cara. Tomó un sorbo.

—Hum —dijo por fin—, confieso que es todo un reto.

Lo volvió a oler tan solo para asegurarse. Entonces miró hacia arriba y esbozó una sonrisa de satisfacción. Hamilton lo miró, con la boca levemente abierta, pero se mantuvo inusualmente silencioso.

Barker bebió otro sorbo.

—Montagny Tête de Cuvée de 1985 —declaró con la confianza de un experto—, embotellado por Louis Latour.

Todos miraron a Hamilton que, por el contrario, fruncía el ceño, nada contento.

—Tiene razón —dijo Hamilton—. Fue embotellado por Latour. Pero eso es tan inteligente como decir que Heinz embotella salsa de tomate. Y dado que mi padre murió en 1984, puedo asegurarle, señor, que está equivocado.

Miró a su mayordomo para confirmar dicha afirmación. El rostro de Adams permaneció inescrutable. Barker giró la tarjeta. En ella se podía leer: «Chevalier Montrachet Les Demorselles de 1983». Miró la tarjeta, obviamente sin poder creer lo que veían sus ojos.

—Un fallo, quedan tres —declaró Hamilton, ajeno a la reacción de Barker.

Los sirvientes volvieron a aparecer para llevarse los platos de pescado y sustituirlos, unos instantes después, por urogallo levemente cocido. Mientras nos servían el acompañamiento, Barker mantuvo silencio. Solo miraba los otros tres decantadores, sin ni siquiera escuchar como nuestro anfitrión le contaba a Henry cuáles serían sus invitados para la primera temporada de caza, la semana siguiente. Recuerdo que los nombres más o menos coincidían con la lista de políticos que Hamilton había propuesto como su gobierno ideal.

Barker mordisqueó su urogallo mientras esperaba que Adams llenara su copa con el vino del primer decantador. Todavía no se había acabado su tarrina tras el fallo inicial y solo bebía pequeños sorbos de agua de vez en cuando.

—Dado que Adams y yo hemos pasado un buena parte de la mañana seleccionando vinos para este pequeño reto, esperemos que pueda hacerlo mejor esta vez —dijo Hamilton, incapaz de ocultar su satisfacción.

Una vez más, Barker empezó a girar el vino en su copa. En esta ocasión, se tomó más tiempo, lo olió varias veces antes de llevarse la copa a la boca y, por último, beber un sorbito.

Una sonrisa de reconocimiento inmediato se dibujó en su cara y no dudó.

—Château la Louvière de 1978.

—Esta vez tiene el año correcto, señor, pero ha insultado al vino.

Al instante, Barker le dio la vuelta a la tarjeta y la leyó, incrédulo: «Château Lafite de 1978». Incluso yo sabía que era uno de los burdeos más delicados que se puede beber. Barker se sumergió en un profundo silencio y siguió mordisqueando su comida. Hamilton parecía disfrutar de su vino casi tanto como del marcador en el descanso del partido.

—Cien libras para mí y nada para el presidente de la Wine Society —nos recordó.

Henry y yo, avergonzados, intentamos mantener viva la conversación hasta que se sirvió el tercer plato, un suflé de limón y lima que no podía compararse ni en presentación ni en sutileza al de Suzanne.

—¿Pasamos al tercer reto? —preguntó Hamilton sin más preámbulos.

Una vez más, Adams cogió un decantador y empezó a verter el vino. Me sorprendió ver que derramó un poco mientras llenaba la copa de Barker.

—¡Pedazo de inepto! —ladró Hamilton.

—Mis disculpas, señor —dijo Adams.

Limpió las gotas derramadas de la mesa de madera con una servilleta. Mientras lo hacía, lanzó a Barker una mirada de desesperación que, en mi opinión, no tenía nada que ver con el hecho de que hubiera derramado el vino. Sin embargo, se mantuvo callado mientras rodeaba la mesa.

Una vez más, Barker procedió a su ritual, girando su copa, oliéndola y, por último, probando su vino. Esta vez dedicó incluso más tiempo. Hamilton se impacientó y empezó a repiquetear la gran mesa jacobina con sus rechonchos dedos.

—Es un Sauternes —empezó Barker.

—Cualquier memo sabría eso —dijo Hamilton—. Quiero saber el año y la cosecha.

Su invitado dudó.

—Château Guiraud de 1976 —respondió, rotundo.

—Al menos es usted coherente —afirmó Hamilton—. Siempre se equivoca.

Barker giró la tarjeta. «Château d'Yquem de 1980», leyó,

incrédulo. Es una cosecha que solo había visto al final de la carta de vinos de restaurantes caros y jamás había tenido el privilegio de probarlo. No podía creerme que Barker hubiera fallado con la Mona Lisa de los vinos.

Se giró de inmediato hacia Hamilton para protestar y, seguramente, al igual que yo, debió de ver a Adams, de pie tras su señor, con sus casi dos metros de altura temblando. Quería que Hamilton se fuera de la habitación para poder preguntarle a Adams qué le asustaba tanto, pero el dueño de Sefton Hall no se apartaba de su presa.

Mientras Barker observó al mayordomo unos segundos más y, al percibir su incomodidad, bajó la mirada y no participó más en la conversación hasta que sirvieron el oporto unos veinte minutos después.

—Su última oportunidad para evitar su humillación absoluta —dijo Hamilton.

Repartieron una tabla de quesos, con diferentes variedades, y cada invitado cogió el de su elección (yo me mantuve fiel a un Cheddar sobre el que podría haberle dicho a Hamilton que no había sido hecho en Somerset). Entonces el mayordomo, blanco como la nieve, nos sirvió el oporto. Empecé a preguntarme si se iba a desmayar, pero, de alguna forma, se las arregló para llenar las cuatro copas antes de volver a su lugar, un paso por detrás de la silla de su señor. Hamilton no percibió nada inapropiado.

Barker bebió el oporto directamente, sin ninguno de sus anteriores preliminares.

—Taylors —empezó.

—Cierto —reaccionó Hamilton—. Pero dado que solo hay tres proveedores decentes de oporto en el mundo, el año es lo realmente importante aquí, como usted, desde su elevada posición, seguramente sabrá, señor Barker.

Freddie asintió.

—Mil novecientos setenta y cinco —dijo, con firmeza, y luego le dio la vuelta a la tarjeta.

«Taylors de 1927», pude leer al revés.

Una vez más, Barker se giró bruscamente hacia su anfitrión muerto de la risa. El mayordomo volvió a mirar al invitado de su señor con angustia. Barker solo dudó un instante antes de sacar la chequera de su bolsillo interior. Escribió el nombre «Sefton Hamilton» y la cifra de 200 libras. Lo firmó y, sin decir palabra, pasó el cheque hasta la otra punta de la mesa, hasta su anfitrión.

—Eso solo era la mitad de la apuesta —dijo Hamilton, disfrutando de cada segundo de su triunfo.

Barker se puso en pie y dijo:

—Soy un farsante.

—Sí que lo es —dijo Hamilton.

Tras pasar tres de las horas más desagradables de mi vida, conseguí escapar con Henry y Freddie Barker un poco después de las cuatro. Mientras Henry nos llevaba de vuelta desde Sefton Hall, nadie pronunció palabra. Quizá porque ambos pensábamos que debería ser Barker el que hiciera el primer comentario.

—Me temo, señores —dijo por fin—, que no voy a ser buena compañía en las próximas horas, por lo que, con vuestro permiso, me voy a dar un paseo rápido y me uniré a vosotros en el Hamilton Arms a las siete y media. He reservado mesa para las ocho.

Sin decir nada más, Barker señaló a Henry que detuviera el coche a una parada, y lo vimos bajar y dirigirse a un sendero rural. Henry no volvió a la carretera hasta que perdió de vista a su amigo.

Barker tenía toda mi simpatía, aunque seguía confuso por todo lo sucedido. ¿Cómo podría haber cometido esos errores tan básicos el presidente de la Wine Society? Después de todo, yo podía leer una página de Dickens y saber que no era de Graham Greene.

Al igual que el doctor Watson, necesitaba una explicación.

Barker se unió a nosotros en torno al fuego, en el bar privado del Hamilton Arms, pasadas las siete y media de la noche. Tras el ejercicio, parecía mucho más animado. Charlamos sobre temas intrascendentes y ni una sola vez mencionó lo que había pasado durante el almuerzo.

Unos minutos después, cuando volví a mirar el viejo reloj de la puerta, vi al mayordomo de Hamilton sentado en la barra en seria conversación con el tabernero. No lo habría creído si no hubiera visto la misma cara de terror que había presenciado hacía unas horas, apuntando en nuestra dirección. El mesonero parecía igual de ansioso, como si un oficial de aduanas e impuestos lo hubiera hallado culpable de servir menos cerveza por pinta de lo debido.

Cogió algunas cartas y se acercó a nuestra mesa.

—No las necesitamos —dijo Barker—. Su reputación le precede. Lo dejamos en sus manos. Comeremos lo que nos sugiera.

—Gracias, señor —dijo y luego le entregó la carta de vinos a nuestro anfitrión.

Baker estudió el contenido encuadernado en cuero unos instantes antes de esbozar una enorme sonrisa.

—Creo que también debería seleccionar los vinos —dijo—, porque tengo la sensación de que sabe qué tipo esperamos.

—Por supuesto, señor —dijo el mesonero mientras Freddie le devolvía la carta de vinos, dejándome completamente desconcertado, al recordar que era la primera visita de Barker al mesón.

El mesonero se fue a la cocina mientras charlábamos y no volvió hasta pasados unos quince minutos.

—La mesa está dispuesta, señores —dijo.

Lo seguimos hasta un comedor contiguo donde solo había una docena de mesas, pero dado que la nuestra era la última que faltaba por ocupar, no cabía la menor duda de la popularidad del mesón.

El tabernero había seleccionado una cena ligera a base de consomé y unas finas lonchas de pato, casi como si hubiera sabido que seríamos incapaces de soportar otra comida pesada después de nuestro almuerzo en el Hall.

También me sorprendió descubrir que todos los vinos que había escogido estaban servidos en decantadores y, por lo tanto, asumí que el mesonero había seleccionado los vinos de la casa. Cada vez que nos servían y bebíamos, tenía que admitir que, para mi paladar nada entrenado, parecían de una calidad superior a lo que habíamos bebido en Sefton Hall ese mismo día. Barker se estaba recreando claramente con cada sorbo y, en una ocasión, dijo con aprecio:

—Este es el auténtico McCoy.

Al final de la velada, cuando recogieron nuestra mesa, nos acomodamos y disfrutamos de un magnífico oporto y nos fumamos unos puros.

Fue entonces cuando Henry mencionó a Hamilton por primera vez.

—¿Nos vas a dejar con el misterio de lo que ha pasado realmente hoy durante el almuerzo? —preguntó.

—Ni siquiera yo lo tengo del todo claro —respondió Barker—, pero estoy seguro de una cosa: el padre del señor Hamilton era un hombre que conocía sus vinos, pero su hijo no.

Le habría insistido más a Barker sobre el tema si el tabernero no hubiera llegado en ese momento.

—Una excelente comida —declaró Barker—. Y en cuanto a los vinos, excepcionales.

—Muy amable por su parte, señor —dijo el mesonero, mientras le entregaba la cuenta.

La curiosidad me pudo, tengo que admitirlo, y miré al final de la tira de papel. No podía creer lo que veían mis ojos: la cuenta ascendía a doscientas libras.

Para mi sorpresa, Barker solo comentó:

—Muy razonable, teniendo en cuenta lo que ha sido —extendió un cheque por la cantidad indicada y se lo entregó—. Solo había probado el Château d'Yquem de 1980 una vez antes de hoy —añadió— y el Taylors de 1927 nunca.

El mesonero sonrió.

—Espero que haya disfrutado de ambos, señor. Estoy seguro de que no le habría gustado que se malgastaran en un farsante.

Barker asintió con la cabeza.

Observé como el mesonero salía del comedor y volvía a su lugar tras la barra.

Le entregó el cheque a Adams, el mayordomo, que lo estudió un instante, sonrió y, entonces, lo rompió en mil pedazos.

UNA CADENA DE ACCIDENTES

LA PRIMERA VEZ QUE vimos a Patrick Travers fue en nuestras vacaciones anuales de invierno en Verbier. Estábamos esperando el remonte de esquí el primer sábado por la mañana cuando un hombre, de unos cuarenta y pocos, se apartó para cederle su sitio a Caroline para que así pudiéramos subir juntos. Nos explicó que ya había hecho dos descensos aquella mañana y que no le importaba esperar. Le di las gracias y no volví a pensar en el tema.

Mi mujer y yo siempre bajábamos por lugares distintos: ella, esquiadora desde los siete años, por la pista A para unirse a Marcel, que solo impartía clases a esquiadores avanzados, y yo, que empecé a esquiar con cuarenta y uno, por la pista B, con cualquier instructor disponible y, francamente, la pista B seguía siendo demasiado avanzada para mí aunque me negara a reconocerlo, sobre todo a Caroline. Siempre nos reuníamos en el remonte tras completar nuestros respectivos descensos.

Aquella tarde, nos encontramos con Travers en el bar del hotel. Como parecía estar solo, lo invitamos a unirse a nosotros para la cena. Demostró ser una compañía divertida y pasamos una velada agradable juntos. Flirteó educadamente con mi mujer sin pasarse de la raya y ella parecía alagada por su atención. Con los años he acabado acostumbrándome a que los hombres se sientan atraídos por Caroline y jamás necesité que me recordaran la suerte que había tenido. Durante el invierno, averiguamos que Travers era ejecutivo de un banco mercantil con oficina en la City y un apartamento en Eaton Square. Según nos dijo, había venido a Verbier todos los años desde un viaje de estudios a finales de los cincuenta. Se seguía enorgulleciendo de ser el primero en el telesilla cada mañana, casi siempre bajando y subiendo por delante de los jóvenes locales.

Travers parecía estar realmente interesado por el hecho de que dirigiese una pequeña galería de arte en el West End; como se vio después, era una especie de coleccionista especializado en impresionistas menores. Prometió que, cuando volviera a Londres, se pasaría algún día para ver mi siguiente exposición.

Le aseguré que sería más que bienvenido, pero no volví a pensar en ello. De hecho, solo volví a ver a Travers un par de veces más durante el resto de las vacaciones, una vez hablando con la mujer de un amigo que tenía una galería especializada en alfombras orientales y, la segunda, persiguiendo a Caroline con habilidad por la traicionera pista A.

Seis semanas después, necesité unos minutos para reconocerlo aquella noche en mi galería. Tuve que recurrir a esa parte de la memoria que recuerda los nombres, una habilidad en la que confían los políticos cada día.

—Encantado de verle, Edward —dijo—. He visto su reportaje en el *Independent* y me he acordado su amable invitación de una visita privada.

—Me alegro de que haya podido venir, Patrick —respondí, recordando su nombre justo a tiempo.

—No soy muy de champán —me dijo—, pero viajaría a cualquier parte con tal de ver un Vuillard.

—¿En tan buen concepto lo tiene?

—Oh, sí. Para mí supera a Pissarro y Bonnard, y sigue siendo uno de los impresionistas más infravalorados.

—Estoy de acuerdo —respondió—. Pero es que mi galería lleva pensando lo mismo de Vuillard desde hace bastante tiempo.

—¿Cuánto vale *La mujer en la ventana*? —preguntó.

—Ochenta mil libras —respondí en voz baja.

—Me recuerda a un cuadro suyo que hay en el Metropolitan —explicó mientras estudiaba la reproducción del catálogo.

Estaba impresionado y le dije a Travers que el Vuillard de Nueva York fue pintado un mes después que ese que tanto admiraba.

Él asintió.

—¿Y el pequeño desnudo?

—Cuarenta y siete mil —le respondí.

—La señora Hensell, la mujer de un comerciante y la segunda amante de Vuillard, si no estoy equivocado. Los franceses son siempre mucho más civilizados con esas cosas que nosotros. Pero mi cuadro favorito de esta exposición —continuó— es seguramente comparable a su mejor trabajo.

Giró la mirada hacia un enorme óleo de una niña tocando el piano, con su madre inclinada para pasar una página de la partitura.

—Magnífico —dijo—. ¿Sería muy osado por mi parte preguntar cuánto cuesta?

—Trescientas setenta mil libras —respondí, preguntándome si semejante cantidad estaría fuera de las posibilidades de Travers.

—Bonita fiesta, Edward —dijo una voz detrás de mí.

—¡Percy! —grité al girarme—. Creía que no podías venir.

—Y así era, viejo amigo, pero he decidido que no podía quedarme sentado en casa sin hacer nada y he decidido pasarme para ahogar mis penas en champán.

—Lo entiendo perfectamente —dije—. Siento mucho lo de Diana —añadí mientras Percy entraba.

Cuando me di la vuelta para continuar mi conversación con Patrick Travers, no lo veía por ninguna parte. Lo busqué por toda la sala y finalmente lo encontré en una esquina alejada de la galería, charlando con mi mujer, con una copa de champán en la mano. Caroline llevaba un vestido verde con los hombros descubiertos que, en mi opinión, era demasiado moderno. Los ojos de Travers parecían estar pegados a un punto unos cuantos centímetros por debajo de sus hombros. No me habría preocupado demasiado si hubiera hablado con alguien más aquella noche.

La siguiente vez que vi a Travers fue cono una semana después de volver del banco con algo de cambio en efectivo. Una vez más, estaba de pie, frente el óleo Vuillard de la madre y la hija al piano.

—Buenos días, Patrick —lo saludé mientras me unía a él.

—No puedo quitarme este cuadro de la cabeza —declaró, mientras seguía mirando las dos figuras.

—Es comprensible.

—Imagino que no me lo podría prestas durante una semana o dos hasta que me decidiera, ¿verdad? Por supuesto, dejaría un depósito.

—Por supuesto —respondí—. Necesitaría una referencia bancaria y un depósito de veinticinco mil libras.

Accedió a ambas peticiones sin dudarlo, así que le pregunté dónde quería que se le enviara. Me entregó una tarjeta que revelaba su dirección en Eaton Square. A la mañana siguiente, su banco confirmó que las trescientas setenta mil libras no serían un problema para su cliente.

En veinticuatro horas, el Vuillard ya estaba en su casa, colgado de la pared del comedor de la planta baja. Me llamó esa misma tarde para darme las gracias y me preguntó si a Caroline y a mí nos apetecería ir a cenar a su casa. Quería, según me dijo, una segunda opinión sobre cómo quedaba el cuadro.

Con trescientas setenta mil libras en juego, no creía que aquello fuera una invitación que pudiera declinar y, en cualquier caso,

Caroline parecía estar deseando aceptar con la excusa de que estaba interesada en ver cómo sería su casa.

Cenamos con Travers el jueves siguiente. Fuimos los únicos invitados y recuerdo que me sorprendió que no hubiera una señora Travers o, al menos, una novia residente. Fue un anfitrión considerado y la comida que preparó, magnífica. Sin embargo, en aquel momento pensé que parecía un poco excesivamente atento con Caroline, aunque, sin duda, ella daba la impresión de disfrutar de toda su atención. En un determinado momento, empecé a preguntarme si alguno de los dos se daría cuenta si desaparecía de repente.

Cuando nos fuimos de Eaton Square aquella noche, Travers me dijo que casi había tomado una decisión sobre el cuadro, lo que me hizo pensar que aquella velada, al menos, había servido para algo.

Seis días después, el cuadro estaba de vuelta en la galería con una nota adjunta en la que explicaba que ya no estaba interesado. Travers no justificó su decisión, y se limitó a decir que esperaba poder pasarse otro día a reconsiderar el resto de Vuillards. Decepcionado, le devolví su depósito, consciente de que los clientes que volvían lo hacían meses o incluso años después.

Pero Travers nunca volvió.

Como un mes después, supe por qué no volvería jamás. Estaba comiendo en la gran mesa central de mi club, ya que en la mayoría de centros para caballeros esa mesa estaba reservada para los miembros que acudían solos. Percy Fellows fue el siguiente en entrar en el comedor, así que se sentó frente a mí. No habíamos hablado desde la visita privada a la exposición de Vuillard y no es que conversáramos mucho en esa ocasión. Percy era uno de los marchantes de antigüedades más respetados de Inglaterra y una vez hicimos un trueque con bastante éxito, un escritorio Carlos II a cambio de un paisaje holandés de Utrillo.

Le repetí que sentía mucho lo de Diana.

—Era inevitable que acabara en divorcio —explicó—. No paraba de entrar y salir de todos los dormitorios de Londres. Estaba empezando a quedar como un completo cornudo y ese maldito Travers fue ya el colmo.

—¿Travers? —pregunté, incrédulo.

—Patrick Travers, el hombre que aparece en mi demanda de divorcio. ¿Nunca te has cruzado con él?

—Lo conozco de nombre —respondí, dubitativo, queriendo saber más antes de admitir nuestra breve relación.

—Curioso —dijo—. Juraría que lo vi en la visita privada.

—¿Pero a qué te refieres? ¿Por qué fue el colmo? —le pregunté, intentando apartar su atención de la exposición.

—Lo conocimos en Ascot. Se unió a nosotros durante el almuerzo, se bebió mi champán, se comió mis fresas con nata y luego, antes de que acabara la semana, ya se había acostado con mi mujer. Pero eso solo es la mitad de la historia.

—¿La mitad de la historia?

—Tuvo la cara dura de pasarse por mi tienda y dejar un enorme depósito por una mesa georgiana. Luego nos invitó a los dos a cenar para que le diéramos nuestra opinión. Una vez que tuvo tiempo de acostarse con Diana, me los devolvió a los dos. No tienes buen aspecto, viajo amigo —dijo de repente Percy—. ¿Le pasa algo a la comida? No ha vuelto a ser la misma desde que Harry se fue del Carlton. He escrito al comité de vinos ya varias veces, pero...

—No, estoy bien —dije—. Solo necesito algo de aire fresco. Discúlpame, Percy.

Durante el camino de vuelta desde el club, decidí que tenía que hacer algo con el señor Travers.

A la mañana siguiente, esperé a que llegara el correo y busqué cualquier sobre dirigido a Caroline. Nada parecía fuera de lugar, pero entonces pensé que Travers no sería tan tonto como para dejar algo por escrito. También empecé a escuchar a escondidas cuando hablaba por teléfono, pero él nunca la llamó o, al menos, no mientras que yo estaba en casa. Incluso comprobé el cuentakilómetros de su Mini para ver si había conducido largas distancias, pero Eaton Square no estaba tan lejos. A veces es lo que no haces lo que te delata, así que recordé que hacía quince días que no hacíamos el amor y ella no había dicho nada.

Seguí observando a Caroline de cerca durante las siguientes dos semanas, pero me pareció evidente que Travers ya debía de haberse cansado de ella dado que había devuelto el Vuillard. Eso solo hizo que me enfadara aún más.

Entonces tracé un plan para vengarme que, en su momento, me pareció bastante extraordinario y supuse que, en unos días, se me pasaría o incluso lo olvidaría. Pero no fue así. Si acaso, la idea se acabó convirtiendo en una obsesión. Empecé a convencerme a mí mismo de que era mi obligación ineludible acabar con Travers antes de que mancillara a otro de mis amigos.

Jamás en mi vida había transgredido la ley, al menos no conscientemente. Las multas de aparcamiento me fastidian, la basura en el suelo me ofende y pago el IVA el mismo día que ese espantoso sobre entra por la ranura de mi buzón.

Sin embargo, una vez que decido qué tengo que hacer, preparo la tarea con meticulosidad. Al principio, consideré la posibilidad de pegarle un tiro, hasta que descubrí lo difícil que es conseguir un permiso de armas y que, si lo hacía bien, no sufriría demasiado, y eso no era lo que tenía pensado para él; entonces se me pasó por la mente un envenenamiento, pero eso requiere una receta y no podría presenciar su lenta y larga agonía. Entonces estrangulamiento, pero llegué a la conclusión de que necesitaría mucho valor por mi parte y, de todas formas, era más alto que yo, por lo que cabía la posibilidad de que el estrangulado acabara siendo yo. Entonces ahogamiento, pero podrían pasar años antes de que ese hombre se acercara al agua y era probable que no pudiera quedarme por allí para asegurarme de que se sumergía una tercera vez. Incluso consideré atropellarlo, pero deseché la idea cuando me di cuenta de que las posibilidades eran prácticamente nulas y, además, no podría quedarme para comprobar si estaba muerto. En ese momento me di cuenta de que era realmente difícil matar a alguien... Y que no te pillen.

Una noche de insomnio me puse a leer biografías de asesinos, pero dado que los habían atrapado y declarado culpables a todos, no me transmitían demasiada confianza. Entonces pasé a las novelas de detectives, que siempre parecían permitir cierto grado de coincidencia, suerte y sorpresa, riesgo que no estaba dispuesto a correr, hasta que me topé con una gratificante frase de Conan Doyle: «Cualquier posible víctima que sigue una rutina lo convierte de inmediato en más vulnerable». Y entonces recordé una rutina de la que Travers estaba especialmente orgulloso. Tendría que esperar seis meses más, pero eso me permitiría perfeccionar mi plan. Aproveché bien la espera forzosa porque, siempre que Caroline estaba fuera más de veinticuatro horas, reservaba una clase de esquí en la pista seca de Harrow.

Me resultó realmente fácil averiguar cuándo Travers volvería a Verbier y pude organizar las vacaciones de invierno de manera que nuestros caminos se cruzaran solo tres días, tiempo suficiente para cometer mi primer crimen.

Caroline y yo llegamos a Verbier el segundo viernes de enero. Durante las Navidades, había dejado caer más de un comentario sobre mi estado nervioso y esperaba que las vacaciones me ayudaran a relajarme. Apenas podía explicarle que eran precisamente esas vacaciones las que me estaban poniendo tan tenso. No ayudó nada que, durante nuestro vuelo a Suiza, me preguntara si creía que Travers estaría allí también ese año.

La primera mañana tras nuestra llegada, cogimos el remonte

como a las diez y media y, una vez en la cima, Caroline fue en busca de Marcel. Mientras ella se iba con él por la pista A, yo volví a la pista B para esquiar solo. Como siempre, acordamos reunirnos en el remonte o, si nos perdíamos, al menos para almorzar.

Durante los días siguientes, repasé una y otra vez el plan que había perfeccionado en mi mente y practicado con diligencia en Harrow hasta asegurarme de que era infalible. Para finales de la primera semana, ya me había convencido de que estaba listo.

La noche previa a la supuesta llegada de Travers, fui el último en abandonar las pistas. Incluso Caroline comentó lo mucho que había mejora mi técnica y sugirió a Marcel que ya estaba preparado para la pista A, con sus curvas cerradas y sus pendientes pronunciadas.

—El año que viene, quizá —le dije, intentando quitarle importancia, y volví a la pista B.

Durante la última mañana, esquié el primer kilómetro de pista una y otra vez, y estaba tan preocupado por mi rendimiento que casi olvidé reunirme con Caroline para almorzar.

Por la tarde, repasé y volví a repasar la ubicación de cada bandera roja que marcaba el recorrido y, una vez convencido de que el último esquiador había abandonado la pista, recogí unas treinta banderillas y las volví a colocar a los intervalos que con tanto cuidado había calculado. Mi última tarea era inspeccionar la placa de hielo que había preparado antes de construir un gran montículo de nieve unos veinte pasos por encima del punto seleccionado. Una vez finalizados mis preparativos, esquié montaña abajo mientras anochecía.

—¿Es que estás intentando ganar una medalla de oro olímpica o algo así? —me preguntó Caroline cuando por fin volví a nuestra habitación.

Cerré la puerta del baño para no tener que responder.

Travers se registró en el hotel una hora después.

Esperé hasta las primeras horas de la noche para unirme a él en el bar. Se puso algo nervioso cuando me vio, pero no tardó en calmarse. Su vieja confianza en sí mismo volvió deprisa, lo que hizo que estuviera aún más decidido a ejecutar mi plan. Lo dejé en el bar unos minutos antes de que Caroline bajara a cenar, para que no nos viera juntos. Sería necesario hacerse el sorprendido una vez perpetrado el acto.

—No es propio de ti comer tan poco, sobre todo después de haberte saltado la comida —comentó Caroline mientras salíamos del comedor.

No dije nada cuando pasamos junto a Travers, sentado en la barra, con la mano en la rodilla de otra inocente mujer de mediana edad.

Aquella noche no dormí ni un segundo y salté de la cama antes de las seis de la mañana, con cuidado de no despertar a Caroline. Todo estaba preparado en el suelo del cuarto de baño, tal como lo había dejado la noche anterior. Unos minutos después, ya estaba vestido y preparado. Bajé por las escaleras traseras del hotel, evitando el ascensor, y salí por la salida de incendios, consciente por primera vez de cómo debía sentirse un ladrón. Tenía un gorro de lana tapándome las orejas y unas gafas de esquí cubriéndome los ojos. Ni siquiera Caroline me habría reconocido.

Llegué al final del remonte cuarenta minutos antes de la hora de apertura. De pie, solo, tras el cobertizo que contenía la maquinaria eléctrica que hacía funcionar el remonte, me di cuenta de que ahora todo dependía de que Travers se ciñera a su rutina. No estaba seguro de que pudiera hacerlo si tuviera que posponer mi plan para el día siguiente. Mientras esperaba, clavé los pies en la nieve recién caída y me abracé para mantenerme caliente. Cada poco tiempo, le daba la vuelta a la esquina del edificio con la esperanza de verlo caminando hacia mí. Por fin, un pequeño punto apareció al final de la colina, junto al camino, con un par de esquíes en los hombros. ¿Pero qué pasaría si no fuera Travers?

Salí de detrás del cobertizo unos minutos después para unirme al hombre abrigado. Sí que era Travers y no pudo ocultar su sorpresa cuando me vio allí. Empecé una conversación intrascendente sobre que no era capaz de dormir y que pensé que podría hacer unos descensos antes de que empezara a llegar la gente. Ahora todo lo que necesitaba era que el remonte empezara a funcionar a tiempo. Unos minutos después de las siete, llegó un ingeniero y el enorme mecanismo grasiento empezó a rodar.

Fuimos los dos primeros en sentarnos en esos pequeños asientos antes de poner rumbo a la cima, sobre un profundo cañón. No dejaba de girarme para asegurarme de que no había nadie a la vista.

—Normalmente consigo hacer la primera bajada incluso antes de que llegue la segunda persona —me dijo Travers cuando el remonte llegó al punto más alto.

Volví a mirar a mis espaldas para asegurarme de que el ingeniero que estaba trabajando en el remonte no podía vernos y entonces miré hacia abajo preguntándome cómo sería aterrizar de cabeza en el cañón. Empecé a marearme y deseé no haber mirado.

El remonte se balanceó un poco sobre el cable helado hasta llegar al punto de bajada.

—Maldita sea —dije mientras bajábamos de nuestros asientos—. Marcel no está aquí.

—Nunca es puntual —respondió Travers, poniendo rumbo a la pista avanzada—. Demasiado temprano para él.

—¿Te importaría bajar conmigo? —le pregunté.

Se detuvo y miró hacia atrás con recelo.

—Caroline cree que estoy preparado para unirme a vosotros —le expliqué—, pero no estoy seguro y me gustaría una segunda opinión. He roto mi propio récord en la pista B varias veces, pero no me gustaría hacer el ridículo delante de mi mujer.

—Bueno, yo...

—Se lo pediría a Marcel si estuviera aquí. Y, en cualquier caso, eres el mejor esquiador que conozco.

—Bueno, si tú... —empezó.

—Solo una vez y luego ya puedes pasar el resto de tus vacaciones en la pista A. Incluso podrías considerar este descenso como un calentamiento.

—Supongo que puedo hacer algo diferente por una vez —dijo.

—Solo esta vez —repetí—. Es todo lo que necesito. Así podrás decirme si soy lo bastante bueno.

—¿Y si hacemos una carrera? —propuso, algo que me cogió por sorpresa mientras me ajustaba los esquíes.

No podía quejarme; todos los libros de crímenes me habían avisado de que tenía que estar preparado para lo inesperado.

—Es una forma de averiguar si estás preparado —añadió, engreído.

—Si insistes. No olvides que soy mayor que tú y tengo menos experiencia —le recordé.

Comprobé deprisa mis esquíes porque sabía que tenía que salir por delante de él.

—Pero tú te sabes la pista B de memoria —replicó—. Yo ni siquiera la he visto antes.

—Acepto la carrera, pero solo si nos apostamos algo —le respondí.

Por primera vez pude ver que había captado su atención.

—¿Cuánto? —preguntó.

—Oh, nada tan vulgar como dinero —respondí—. El ganador consigue la verdad sobre Caroline.

—¿La verdad? —dijo, perplejo.

—Sí —contesté y empecé el descenso antes de que pudiera responderme.

Tuve un buen inicio mientras serpenteaba por las banderillas rojas, pero tras mirar por encima de mi hombro, pude ver que se había recuperado deprisa y estaba a punto de darme caza. Me di cuenta de que era vital para mí mantener la delantera durante, por lo menos, el primer tercio del recorrido, pero podía sentir que me estaba recortando la distancia.

Tras medio kilómetro de zigzagueo e impulso, gritó:

—Tendrás que ir mucho más rápido si quieres ganarme.

Su arrogante alardeo solo consiguió motivarme aún más para mantener la posición, pero, en realidad, lo único que hacía que no la perdiera era la ventaja de conocer cada giro del primer segmento de la pista. Una vez que estaba seguro de que llegar a la vital nueva ruta recién marcada antes que él, empecé a relajarme. Después de todo, había practicado los siguientes doscientos metros cincuenta veces al día durante los últimos diez días, pero sabía perfectamente que esta vez era la única que realmente importaba.

Miré por encima de mi hombro para ver que ya solo estaba a unos treinta metros de mí. Empecé a aminorar a medida que nos acercábamos a la placa de hielo preparada con la esperanza de que no la viera o de que pensara que había perdido los nervios. Frené un poco más cuando llegué a la cima de la placa hasta casi poder oír el sonido de su respiración. Entonces, de repente, justo antes de llegar al hielo, clavé mis esquíes y terminé completamente parado en el montículo de nieve que había construido la noche anterior. Travers me adelantó como a sesenta kilómetros por hora y, segundos después, voló por encima del cañón con un grito que jamás olvidaré. Fui incapaz de acercarme al borde, ya que sabía que, seguramente, se habría roto cada hueso de su cuerpo al caer sobre la nieve unos cuantos metros más abajo.

Nivelé con cuidado el montículo de nieve que me había salvado la vida y subí la montaña lo más rápido que pude, recogiendo las treinta banderillas que habían trazado mi falsa ruta. Entonces esquié de un lado a otro recolocándolas en su lugar dentro de la pista B, algunas unos cuantos metros por encima de mi placa de hielo cuidadosamente preparada. Una vez todo en su sitio, bajé la colina esquiando, sintiéndome casi un campeón olímpico. Cuando llegué a la base de la pista, me quité la capucha que ocultaba mi cabeza, pero conservé las gafas. Me quité los esquíes y me fui andando al hotel como si nada. Volví a entrar al edificio por la puerta de atrás y, como a las siete y cuarenta, ya estaba de vuelta en la cama.

Intenté controlar mi respiración, pero necesité algo de tiempo para que mi pulso volviera a la normalidad. Caroline se despertó unos minutos después, se giró y me rodeó con sus brazos.

—Eh —dijo—, estás congelado. ¿Has estado durmiendo destapado?

Me eché a reír.

—Debes de haberte quedado tú con todo el edredón durante la noche.

—Anda, vete a darte un baño caliente.

Tras un baño rápido, hicimos el amor y me volví a vestir, asegurándome de que no había dejado ninguna pista de mi escapada anterior antes de bajar a desayunar.

Mientras Caroline se servía su segunda taza de café, oí las sirenas de la ambulancia, al principio procedentes de la ciudad y luego volviendo a la misma.

—Espero que no haya sido un accidente grave —dijo mi mujer mientras seguía sirviéndose el café.

—¿Qué? —pregunté, quizá con demasiada fuerza, levantando la mirada del *Times* del día anterior.

—La sirena, tonto. Debe de haber habido un accidente en la montaña. Seguramente Travers —dijo.

—¿Travers? —exclamé con una voz todavía más alta.

—Patrick Travers. Lo vi en el bar anoche. No te dije nada porque sé que no te cae bien.

—¿Pero por qué Travers? —pregunté, nervioso.

—¿No dice siempre que es el primero en la pista cada mañana? Incluso llega antes que los instructores a la cima.

—¿Ah, sí? —dije.

—Seguro que te acuerdas. Estábamos subiendo por primera vez el día que lo conocimos cuando él ya estaba en su tercer descenso.

—¿Fue así?

—Estás un poco denso esta mañana, Edward. ¿Es que te has levantado hoy con el pie izquierdo? —preguntó, riendo.

No respondí.

—Bueno, espero que sea Travers —añadió Caroline, mientras se bebía su café—. Nunca me gustó ese hombre.

—¿Por qué no? —pregunté, algo desconcertado.

—Se me insinuó una vez —dijo con despreocupación.

La miré, incapaz de hablar.

—¿Vas a preguntarme qué pasó o qué?

—Estoy tan sorprendido que no sé qué decir —respondí.

—No se despegó de mí aquella noche en la galería y luego me invitó a comer después de que cenáramos con él. Lo mandé a paseo —dijo Caroline. Me acarició la mano—. No te lo comenté porque creía que quizá fue por eso por lo que devolvió el Vuillard y eso me hacía sentir culpable.

—Pero soy yo el que debería haberse sentido culpable —respondí, luchando con una tostada.

—Oh, no, querido, no eres culpable de nada. En cualquier caso, si alguna vez decidiera serte infiel, no sería con un pomposo como ese. Santo cielo, no. Diana ya me había avisado de lo que se podía esperar de él. No es para nada mi tipo.

Me senté allí, pensando en Travers camino de la morgue, o peor aún, todavía sepultado por la nieve, sabiendo que no podía hacer nada al respecto.

—¿Sabes? Creo que ha llegado el momento de que te enfrentes a la pista A —dijo Caroline mientras terminábamos de desayunar—. Tu técnica ha mejorado muchísimo.

—Sí —respondí, bastante preocupado.

A duras penas abrí la boca mientras nos dirigíamos a la base de la montaña.

—¿Estás bien, cariño? —me preguntó mientras subíamos juntos en el remonte.

—Sí, estoy bien —respondí, mirando al cañón mientras llegábamos al punto más alto.

¿Seguiría Travers allí abajo o estaría ya en la morgue?

—Deja de comportarte como un niño asustado. Después de todo lo que has trabajado esta semana, estás más que preparado para unirte a mí —dijo, intentando tranquilizarme.

Esbocé una breve sonrisa. Una vez en la cima, me bajé de la silla un poco antes de lo debido y, en cuanto di mi segundo paso, supe de inmediato que me había torcido el tobillo.

No recibí ningún tipo de compasión por parte de Caroline. Estaba convencida de que lo había hecho a propósito para no intentar la pista avanzada. Me adelantó y empezó a descender por la montaña mientras yo volvía, falsamente acusado, en el remonte. Cuando llegué abajo, miré al ingeniero pero ni siquiera me miró. Fui cojeando hasta el puesto de primeros auxilios y me registré. Caroline se unió a mí unos minutos después.

Le expliqué que el médico de guardia creía que podría ser una fractura y que había sugerido que acudiera al hospital de inmediato,

Caroline frunció el ceño, se quitó los esquíes y salió a buscar un taxi para que nos llevara al hospital. No estaba demasiado lejos, pero era evidente que se trataba de un recorrido que había hecho miles de veces antes, a juzgar por la forma en la que tomaba las resbaladizas curvas.

—Por esto, me vas a tener que llevar a cenar fuera como un año —me prometió Caroline mientras entrábamos por las puertas dobles del hospital.

—¿Podría esperar fuera, señora? —le pidió un celador mientras me llevaba a rayos X.

—Sí, claro. ¿Pero volverá a ver a mi pobre maridito? —se burló mientras la puerta se cerraba delante de ella.

Entré en una habitación llena de maquinaria sofisticada presidida por un médico vestido con ropa cara. Le comenté qué creía que no iba bien y levantó el pie dolorido con cuidado para colocarlo en la máquina de rayos X. Unos minutos después, ya estaba estudiando un enorme negativo.

—No hay nada roto —me aseguró, señalando el hueso—. Pero si le sigue doliendo, creo que lo mejor sería vendarle bien el tobillo.

Entonces, el médico colgó mi radiografía junto a otras cinco.

—¿Soy ya la sexta persona de hoy? —pregunté, observando la fila de radiografías.

—No, no —respondió, riendo—. Las otras cinco son del mismo hombre. Creo que el muy tonto ha intentado volar por encima del cañón.

—¿Por encima del cañón?

—Sí, intentando alardear, supongo —dijo, mientras empezaba a vendarme el tobillo—. Tenemos uno todos los años, pero este pobre se ha roto ambas piernas y un brazo, y le quedará una cicatriz bastante fea en la cara como recuerdo de su estupidez. En mi opinión, tiene suerte de estar vivo.

—¿Suerte de estar vivo? —repetí con voz tenue.

—Sí, pero solo porque no sabía lo que estaba haciendo. Mi hijo de catorce años puede cruzar ese cañón sin problemas y aterrizar como una gaviota en el agua. Pero él, sin embargo —dijo el médico señalando las radiografías—, no volverá a esquiar estas vacaciones. De hecho, no podrá ni caminar durante los próximos seis meses.

—¿En serio? —me asombré.

—En cuanto a usted —añadió una vez que terminó de vendarme—, solo tiene que ponerse hielo en el tobillo cada tres horas y cambiarse el vendaje una vez al día. Podrá volver a las pistas en un par de días, tres como mucho.

—Tenemos el vuelo esta noche —le comenté mientras me ponía en pie con cuidado.

—Justo a tiempo —dijo, sonriendo.

Salí cojeando de la sala de rayos X y me encontré a Caroline con la cabeza metida en una *Elle*.

—Pareces contento —dijo, mirando hacia arriba.

—Porque lo estoy. Podía haber sido dos piernas rotas, un brazo roto y una cicatriz en la cara.

—¡Oh, lo siento mucho! —dijo Caroline—. Pensé que solo era un esguince.

—No, yo no —le dije—. Travers, el accidente de esta mañana, ¿recuerdas? La ambulancia. Eso sí, me han asegurado que sobrevivirá —añadí.

—Una pena —dijo, agarrándose a mi brazo—. Después de todas las molestias que te has tomado, esperaba que te saliera bien.

EL VACÍO LEGAL

—ESO NO ES lo que me han contado —dijo Philip.

Uno de los miembros del club, sentado en la barra, miró a su alrededor, a las personas que gritaban, pero cuando vio de quiénes se trataba, sonrió y volvió a su conversación.

El Haslemere Golf Club estaba bastante lleno aquel sábado por la mañana. Y justo antes del almuerzo solía ser difícil encontrar un sitio en su espaciosa sede.

Dos de los miembros ya habían pedido su segunda ronda y se habían instalado en el hueco con vistas al primer hoyo mucho antes de que la sala empezara a llenarse. Philip Masters y Michael Gilmour habían terminado su partido del sábado por la mañana antes de lo habitual y ahora parecían absortos en su conversación.

—¿Y qué has escuchado? —preguntó Michael Gilmour en voz baja, pero reverberó.

—Que no sois del todo inocentes en este asunto.

—Yo, al menos, sí que lo soy —dijo Michael—. ¿Qué estás sugiriendo?

—No estoy sugiriendo nada —respondió Philip—. Pero no olvides que a mí no me engañas. Una vez trabajaste para mí y te conozco demasiado bien como para creerme todo lo que dices.

—No pretendía engañar a nadie —dijo Michael—. Todo el mundo sabe que he perdido mi trabajo. Nunca he sugerido lo contrario.

—Estoy de acuerdo. Pero lo que no sabe todo el mundo es cómo perdiste tu trabajo y por qué no has podido encontrar uno nuevo.

—No he podido encontrar uno nuevo por la simple razón de que no es tan fácil encontrar trabajo en estos momentos. Y, por cierto, no es culpa mía que seas una persona de éxito y un maldito millonario.

—Y no es culpa mía que no tengas ni un centavo y estés en el paro. Lo cierto es que resulta más fácil encontrar trabajo si tienes referencias de tu antiguo jefe.

—¿Qué insinúas? —dijo Michael.

—No insinúo nada.

Varios miembros delante de ellos ya habían dejado de participar en sus conversaciones porque estaban intentando averiguar qué estaba pasando a sus espaldas.

—Lo que digo —continuó Philip— es que nadie te va a contratar simplemente porque no puedes encontrar a nadie que quiera darte buenas referencias... Y todo el mundo lo sabe.

No todo el mundo lo sabía, lo que explicaba por qué la mayoría de personas en aquella habitación estaba intentando averiguarlo.

—Decidieron reducir personal —insistió Michael.

—En tu caso, eso es un eufemismo para decir que te echaron. Eso es algo que quedó bastante claro en su momento.

—Decidieron reducir personal —repitió Michael—, porque los beneficios de aquel año resultaron ser algo decepcionantes.

—¿Algo decepcionantes? Eso es quedarse corto. Fueron inexistentes.

—Solo porque perdimos uno o dos de nuestras cuentas más importantes a manos de nuestros rivales.

—Rivales que, según me consta, estuvieron bastante dispuestos a pagar por algo de información privilegiada.

Ahora la mayoría de miembros del club habían dejado de hablar y se inclinaban, retorcían, giraban y agachaban en un esfuerzo por captar cada palabra procedente de aquellos dos hombres sentados junto a la ventana del club.

—La pérdida de esas cuentas estaba totalmente explicada en el informe a los accionistas de la junta anual de aquel año —dijo Michael.

—¿Y también explicaba a esos mismos accionistas cómo un antiguo empleado podía permitirse comprarse un coche nuevo tan solo unos días después de que lo despidieran? —prosiguió Philip—. Un segundo coche, debería añadir.

Philip bebió un sorbo de su zumo de tomate.

—No era un coche nuevo —se defendió Michael—. Era un Mini de segunda mano y lo compré con parte de mi indemnización por despido cuando tuve que devolver mi coche de empresa. Y, en cualquier caso, sabes que Carol necesita coche propio para ir a trabajar al banco.

—Francamente, me sorprende que Carol no te haya dejado ya después de todo lo que le has hecho pasar.

—¿Después de todo lo que le he hecho pasar? ¿Qué estás intentando decirme? —preguntó Michael.

—Nada, no estoy intentando decirte nada —replicó Philip—. Pero el hecho es que también decidieron prescindir de los servicios de una joven de nombre desconocido —esta información pareció decepcionar a la mayoría de fisgones— más o menos por la misma época que tú y, además, estaba embarazada.

Nadie le había pedido al *barman* ni una sola copa en casi siete minutos y ya eran pocos los miembros que intentaban aparentar que no estaban escuchando la disputa entre los dos hombres. Algunos, incluso, los miraban totalmente incrédulos.

—Pero si a duras penas la conozco —protestó Michael.

—Como ya te he dicho, eso no es lo que me han contado. Y lo que es más, me han dicho que el chico tiene un sorprendente parecido...

—Oh, eso es ya ir demasiado lejos.

—Solo si no tienes nada que ocultar —dijo Philip con total determinación.

—Sabes que no tengo nada que ocultar.

—¿Ni siquiera el cabello rubio que Carol encontró en el asiento trasero del nuevo Mini? La chica del trabajo era rubia, ¿verdad?

—Sí, pero ese pelo rubio procedía de un golden retriever.

—No tienes ningún golden retriever.

—Lo sé, pero el perro pertenecía al antiguo propietario.

—Esa perra no pertenecía al antiguo propietario y me niego a creer que Carol se tragara esa patraña.

—Me creyó porque era la verdad.

—La verdad, me temo, es algo con lo que has perdido el contacto hace ya mucho tiempo. Te despidieron, primero porque eras incapaz de mantener las manos fuera de toda falda de menos de cuarenta y segundo porque eras incapaz de mantener los dedos fuera de la caja. Lo sé perfectamente. No olvides que tuve que echarte por exactamente los mismos motivos.

Michael se puso en pie de un salto, con las mejillas del color de zumo de tomate de Philip. Levantó el puño cerrado y estaba a punto de pegar a Philip cuando el coronel Mather, el presidente del club, apareció a su lado.

—Buenos días, señor —dijo Philip con calma, levantándose para saludar al coronel.

—Buenos días, Philip —ladró el coronel—. ¿No creéis que este pequeño malentendido ha ido demasiado lejos ya?

—¿Pequeño malentendido? —protestó Michael—. ¿Acaso no ha oído lo que estaba diciendo de mí?

—Por desgracia, palabra por palabra, como todos los demás miembros presentes —respondió el coronel. Y girándose hace Philip, añadió: —Quizá los dos deberíais daros la mano como buenos amigos y dejarlo por hoy.

—¿Darle la mano a este picapleitos mujeriego traidor? Jamás —dijo Philip—. Ya le digo, coronel, que este tipo no cumple los requisitos para ser miembro de este club y puedo asegurarle que solo ha oído la mitad de la historia.

Antes de que el coronel pudiera intentar otra ronda de diplomacia, Michael pegó a Philip y tuvieron que intervenir tres socios más jóvenes que el presidente del club para separarlos. El coronel ordenó de inmediato que ambos hombres fueran expulsados de las instalaciones, no sin antes advertirles de que informaría sobre su comportamiento al comité en su reunión del mes siguiente. Y hasta que dicha reunión tuviera lugar, ambos estarían suspendidos.

El secretario del club, Jeremy Howard, escoltó a ambos fuera y observó cómo Philip se metía en su Rolls-Royce, bajaba la calle y cruzaba la verja de entrada. Tuvo que esperar en las escaleras del club varios minutos hasta que Michael se fue en su Mini. Al parecer, había estado sentado en el asiento delantero escribiendo algo. Cuando, por fin, cruzó la verja del club, el secretario se dio la vuelta y volvió al bar. Lo que se hicieran una vez fuera no era de su incumbencia.

De vuelta en la sede, el secretario descubrió que la conversación no había vuelto al posible ganador del President's Putter, la clasificación de la Ladies' Handicap Cup o quién debería ser el patrocinador del Youth Tournament de ese año.

—Parecían de bastante buen humor cuando me crucé con ellos en el hoyo dieciséis esta mañana —informó el capitán del club al coronel.

Este admitió que también estaba perplejo. Conocía a ambos hombres desde el mismo día que se inscribieron en el club hacía ya casi quince años. No eran malos chicos, le garantizó al capitán; de hecho, le caían bastante bien. Habían jugado un partido de golf todos los sábados por la mañana desde antes de lo que los demás podían recordar y jamás hubo una mala palabra entre ellos.

—Una pena —dijo el coronel—. Esperaba que Masters patrocinara el Youth Tournament este año.

—Buena idea, pero no creo que ahora sea el momento.

—No puedo imaginarme qué se les puede haber pasado por la cabeza.

—Quizá sea porque a Philip le va muy bien mientras que Michael está pasando una mala racha —sugirió el capitán.

—No, tiene que haber algo más —respondió el coronel—. El episodio de esta mañana exige una mayor explicación —añadió, con cordura.

Todo el mundo en el club sabía que Philip Masters había creado su empresa desde cero tras dejar su primer empleo como vendedor de cocinas. Ready-Fit Kitchens nació en un cobertizo al fondo del jardín de Philip y acabó en una fábrica al otro dado de la ciudad en la que trabajaban más de trescientas personas. Cuando Ready-Fit salió a bolsa, la prensa financiera especuló sobre el precio de las acciones de Philip, que podría ascender a un par de millones. Cinco años después, cuando John Lewis Partnership asumió el control de la empresa, se hizo público que Philip había salido del acuerdo con un cheque de diecisiete millones de libras y un contrato de servicio por cinco años que habría agradado a una estrella del *pop*. Parte de los beneficios habían servido para financiar una magnífica casa georgiana en sesenta acres de bosque a las afueras de Haslemere. Incluso podía ver el campo de golf desde su dormitorio. Philip llevaba más de veinte años casado y su mujer, Sally, era presidenta de la oficina regional del Save the Children Fund y juez de paz. Su hijo acababa de obtener una plaza en el St Anne's College de Oxford.

Michael era el padrino del chico.

Michael Gilmour no podía ser más diferente. Tras dejar la escuela, donde Philip había sido su mejor amigo, había ido de trabajo en trabajo. Empezó como aprendiz en Watneys, pero solo duró unos meses antes de empezar a trabajar de representante de una editorial.

Al igual que Philip, se casó con su amor de la infancia, Carol West, la hija de un médico local.

Cuando su hija nació, Carol empezó a quejarse por las muchas horas que Michael tenía que pasar fuera de casa, así que dejó la editorial y firmó como gerente de distribución de una empresa de refrescos local. Aguantó un par de años hasta que su segundo fue ascendido a director de área por encima de él y esa decisión hizo que Michael se fuera enrabietado. Tras su primer periodo en el paro, se unió a una empresa empaquetadora de grano, pero descubrió que era alérgico al trigo y, tras demostrarlo mediante certificado médico, recogió su primer cheque tras un despido por reducción del personal. Entonces se unió a Philip como representante de Ready-Fit Kitchens, pero se fue sin más explicaciones un mes después de la compra de la empresa. Tras eso hubo otro periodo de paro antes de aceptar un puesto de director de ventas en una empresa que fabricaba microondas. Parecía haberse asentado por fin hasta que, sin previo aviso, lo despidieron por reducción de personal. Es cierto que los beneficios de la empresa se habían reducido a la mitad ese año y que los directores sintieron mucho que Michael tuviera que irse... O al menos eso dijeron en su revista interna.

Carol no pudo ocultar su decepción cuando despidieron a Michael por cuarta vez. No les habría venido mal algo más de dinero ahora que a su hija le habían ofrecido una plaza en la escuela de arte.

Philip era el padrino de la chica.

—¿Qué piensas hacer? —le preguntó Carol, ansiosa, cuando Michael le contó lo que había pasado en el club.

—Solo hay una cosa que pueda hacer —respondió—. Después de todo, tengo que pensar en mi reputación. Voy a demandar a ese bastardo.

—Esa es una forma horrible de hablar de un viejo amigo. Y, de todas formas, no podemos permitirnos acudir a los tribunales —dijo Carol—. Philip es millonario y nosotros estamos sin blanca.

—No puedo dejarlo pasar —respondió Michael—. Tengo que hacerlo aunque eso suponga tener que venderlo todo.

—¿Incluso si eso supone hacer sufrir al resto de tu familia?

—Ninguno de nosotros sufriremos cuando tenga que pagar las costas más daños y perjuicios.

—Pero también puedes perder —apuntó Carol—. Entonces nos quedaríamos sin nada, con menos que nada.

—Eso no es posible —dijo Michael—. Ha cometido el error de decir todas esas cosas delante de un montón de testigos. Debía de haber más de cincuenta miembros del club esta mañana, incluido el presidente y el editor del periódico local, y es imposible que no lo hayan escuchado todo.

Carol seguía sin estar convencida y sintió algo de alivio durante los días posteriores cuando Michael no volvió a mencionar a Philip ni una sola vez. Esperaba que su marido hubiera recuperado la cordura y hubiera olvidado el asunto.

Pero entonces el *Haslemere Chronicle* decidió imprimir su versión de la disputa entre Michael y Philip. Bajo el titular *Estalla la discordia en el club de golf* aparecía un informe cuidadosamente redactado de lo que había sucedido el sábado anterior. El editor del *Haslemere Chronicle* sabía muy bien que la conversación en sí misma no era publicable a menos que él también quisiera que lo demandaran, pero se las arregló para incluir suficientes insinuaciones en el artículo como para ofrecer una visión completa de lo que sucedió aquella mañana.

—Esto ya es el colmo —dijo Michael cuando terminó de leer el artículo por tercera vez.

Carol se dio cuenta de que nada de lo que pudiera hacer o decir detendría ahora a su marido.

Al lunes siguiente, Michael se puso en contacto con un abogado local, Reginald Lomax, que había estudiado con los dos. Armado con el artículo, Michael informó a Lomax sobre la conversación que el *Chronicle* había tenido a bien publicar con todo lujo de detalles. Michael también le dio a Lomax su propia versión de lo que había sucedido en el club aquella mañana y le entregó cuatro páginas de notas manuscritas para respaldar sus reclamaciones.

Lomax estudió las notas detenidamente.

—¿Cuándo escribiste todo esto?

—En mi coche, justo después de que nos suspendieran.

—Muy inteligente por tu parte —dijo Lomax—. Muy inteligente.

Miró, curioso, a su cliente por encima de sus gafas de media luna. Michael no dijo nada.

—Por supuesto, debes saber que la ley es un pasatiempo caro —continuó Lomax—. Las demandas por difamación no son baratas e, incluso cuando hay evidencias tan sólidas como estas —dijo dando golpecitos con los dedos en las notas frente a él—, podrías perder. La difamación depende de lo que el resto de la gente recuerde o, lo que es más importante, de lo que estén dispuestos a admitir que recuerdan.

—Soy consciente de ello —dijo Michael—. Pero estoy decidido a llegar hasta el final. Había más de cincuenta personas en el club aquella mañana a la distancia suficiente como para escucharlo todo.

—Pues que así sea —respondió Lomax—. Entonces necesito cinco mil libras por adelantado como tarifa de contingencia para cubrir todos los costes inmediatos y para la preparación del proceso.

Por primera vez, Michael pareció dudar.

—Reembolsable, por supuesto, pero solo si ganas el caso.

Michael sacó su chequera y escribió una cifra que, según reflexionó, solo podría cubrirse con lo que le quedaba por recibir de su indemnización por despido.

Lomax, de Davis y Lomax, emitió el mandato judicial por difamación contra Philip Masters a la mañana siguiente.

Una semana después, el mandato judicial fue aceptado por otro bufete de abogados de la misma ciudad, de hecho, del mismo edificio.

Mientras tanto en el club, el debate sobre los dimes y diretes del caso Gilmour frente a Masters no fue disminuyendo a medida que iban pasando las semanas.

Los miembros del club se preguntaban furtivamente entre ellos si los llamarían a declarar. Algunos ya habían recibido cartas de Lomax en las que Davis y Lomax les pedían su declaración sobre lo que recordaban de la conversación de ambos hombres aquella mañana. Una buena parte de ellos había alegado amnesia o sordera, pero unos pocos devolvieron una descripción bastante gráfica de la disputa. Envalentonado, Michael siguió adelante, para consternación de Carol.

Una mañana, como un mes después, después de que Carol se fuera al banco, Michael Gilmour recibió una llamada de Reginald Lomax. Según le informó, los abogados del demandado habían solicitado una consulta «sin detrimento de los derechos propios».

—Seguro que no te ha sorprendido, teniendo en cuenta todas las pruebas que hemos recopilado, ¿verdad? —respondió Michael.

—Solo es una consulta —le recordó Lomax.

—Consulta o no consulta, no aceptaré menos de cien mil libras.

—Bueno, ni siquiera sé que es lo que... —empezó Lomax.

—Lo sé, pero también sé que, durante las últimas once semanas, ni siquiera he podido conseguir una entrevista de trabajo por culpa de ese bastardo —dijo Michael con desprecio—. No menos de cien mil libras, ¿me has oído?

—Creo que, dadas las circunstancias, estás siendo un poquito optimista —comentó Lomax—. Pero te llamaré y te transmitiré la respuesta de la otra parte en cuanto tenga lugar la reunión.

Michael le contó a Carol las buenas noticias aquella misma tarde, pero al igual que Reginald Lomax, ella era un poco escéptica. El timbre del teléfono interrumpió su discusión sobre el tema. Michael, con Carol a su lado, escuchó con atención el informe de Lomax. Philip, según parecía, quería llegar a un acuerdo por veinticinco mil libras y aceptaba pagar las costas de ambas partes.

Carol asintió con la cabeza para demostrar su agradecida aceptación, pero Michael solo repitió que Lomax tenía que aguantar hasta que llegaran a las cien mil libras.

—¿Acaso no os dais cuenta de que Philip ya habrá calculado cuánto le costaría si el caso terminara en los tribunales? Y también sabe que no pienso ceder.

Carol y Lomax seguían sin estar convencidos.

—Es mucho más impredecible de lo que parece —le comentó el abogado—. Un jurado del Tribunal Superior podría considerar que sus palabras solo fueron una broma.

—¿Una broma? ¿Y entonces qué fue la pelea posterior a la broma? —preguntó Michael.

—Pelea iniciada por ti —señaló Lomax—. Veinticinco mil es una buena cifra, dadas las circunstancias —añadió.

Michael rechazó el acuerdo y puso fin a la conversación repitiendo su petición de cien mil libras.

Pasaron dos semanas antes de que la otra parte ofreciera cincuenta mil a cambio de un acuerdo rápido. Esta vez, a Lomax no le sorprendió que Michael rechazara la oferta sin pensárselo dos veces.

—No quiero un acuerdo rápido ni de broma. Te he dicho que no consideraré nada por debajo de las cien mil.

Llegados a ese punto, Lomax sabía que cualquier petición de prudencia caería en saco roto.

Tres semanas y varias llamadas telefónicas entre los abogados después, la otra parte asumió que iban a tener que pagar las cien mil libras. Reginald Lomax llamó a Michael para informarle de las últimas noticias a última hora de la tarde, intentando que aquello pareciera un logro personal. Le aseguró a Michael que los papeles necesarios se redactarían de inmediato y que el acuerdo se firmaría en cuestión de días.

—Por supuesto, todos tus costes estarían cubiertos —añadió.

—Por supuesto —dijo Michael.

—Así que lo único que queda es acordar una declaración.

Se redactó una corta declaración y, con el acuerdo de ambas partes, se publicó en el *Haslemere Chronicle*. El periódico imprimió su contenido el viernes siguiente, en la portada. «El mandato judicial por difamación entre Gilmour y Masters», informó el *Chronicle*, «se ha retirado con el acuerdo de ambas partes tras un pago extrajudicial importante por parte del demandado. Philip Masters ha retirado sin reservas lo que dijo en el club aquella mañana y se ha disculpado sin condiciones; también ha prometido que jamás volverá a repetir las palabras usadas. El señor Masters ha pagado las costas del demandante».

Philip escribió al coronel ese mismo día, admitiendo que, quizá, había bebido demasiado la mañana en cuestión. Lamentaba enormemente su impetuoso arrebato, se disculpaba y aseguraba al presidente del club que jamás volvería a pasar.

Carol parecía ser la única descontenta con el resultado.

—¿Qué pasa, cariño? —le preguntó Michael—. Hemos ganado y, lo que es más, hemos resuelto nuestros problemas financieros.

—Lo sé —respondió Carol—, pero ¿realmente merece la pena perder a tu mejor amigo por cien mil libras?

El siguiente sábado por la mañana, a Michael le encantó encontrar un sobre entre el correo de la mañana con la cimera del club de golf en la solapa. Lo abrió, nervioso, y sacó una sola hoja de papel. En ella se podía leer:

Estimado señor Gilmour:

En la reunión mensual del comité que tuvo lugar el pasado miércoles, el coronel Mather planteó la cuestión de su comportamiento en la sede del club la mañana del sábado 16 de abril.

Se tomó la decisión de levantar acta de las quejas de varios miembros, pero, en esta ocasión, solo para emitir una severa reprimenda a ambos. Si en el futuro se produjera un incidente similar, la pérdida de la membresía sería automática.

Queda levantada la suspensión temporal implantada por el coronel Mather el 16 de abril.

Atentamente,
Jeremy Howard (secretario)

—Me voy de compras —gritó Carol desde la parte de arriba de las escaleras—. ¿Qué planes tienes para hoy?

—Me voy a jugar al golf —dijo Michael, doblando la carta.

—Buena idea —se dijo Carol en voz baja mientras se preguntaba con quién jugaría Michael en el futuro.

Unos cuantos miembros vieron a Michael y Philip en el primer hoyo aquel mismo sábado por la mañana. El capitán del club comentó al coronel que le alegraba ver que la riña se había resuelto satisfactoriamente para ambas partes.

—Pues yo no —dijo el coronel en voz baja—. No puedes emborracharte con zumo de tomate.

—Me pregunto de qué diablos estarán hablando —dijo el capitán del club mientras los observaba a través de los ventanales.

El coronel usó sus prismáticos para observar más de cerca a los dos hombres.

—¿Cómo puedes fallar un *putt* a un metro, idiota? —preguntó Michael tras llegar al primer *green*—. Debes de estar borracho otra vez.

—Como bien sabes —respondió Philip—, nunca bebo antes de la cena y, por lo tanto, sugiero que tus alegaciones de que estoy borracho no son más que una difamación.

—Sí, pero ¿dónde están tus testigos? —dijo Michael mientras pasaban al segundo *tee*—. Yo tuve cincuenta, no lo olvides.

Ambos se echaron a reír.

Su conversación giró en torno a múltiples asuntos mientras jugaban los ocho primeros agujeros, sin hablar ni una sola vez sobre su pasada pelea hasta que llegaron el noveno *green*, el punto más lejano al club. Ambos miraron a su alrededor para asegurarse de que nadie podía oírlos. El jugador más cercano estaba a casi doscientos metros del octavo agujero. Fue entonces cuando Michael sacó un enorme sobre marrón de su bolsa de golf y se lo entregó a Philip.

—Gracias —dijo Philip, metiendo el paquete en su propia bolsa de golf mientras sacaba un *putter*—. La operación más limpia en la que he participado desde hace mucho tiempo —añadió Philip mientras golpeaba la bola.

—Yo he conseguido cuarenta mil libras —dijo Michael sonriendo—, mientras que tú no has perdido nada.

—Solo porque yo pago los tipos impositivos más altos y, por lo tanto, puedo reclamar la pérdida como un gasto empresarial legítimo —dijo Philip—, y no habría podido hacerlo si no hubieras trabajado para mí antes.

—Y yo, como demandante vencedor, no tengo que pagar impuestos por los daños percibidos en un caso civil.

—Un vacío legal en el que ni siquiera el ministro de Hacienda ha caído —explicó Philip.

—Aunque acudí a Reggie Lomax, siento mucho las costas —añadió Michael.

—No te preocupes, amigo. Son desgravables al cien por cien.

Como ves, no he perdido ni un penique y tú has acabado con cuarenta mil libras libres de impuestos.

—Y nadie se ha dado cuenta —afirmó Michael, riendo.

El coronel devolvió sus prismáticos a la caja.

—¿Está ojeando al ganador del President's Putter de este año, coronel? —preguntó el capitán del club.

—No —respondió el coronel—. Al seguro patrocinador del Youth Tournament de este año.

CHRISTINA ROSENTHAL

EL RABINO SABÍA que no podía empezar su sermón sin leer antes la carta. Llevaba más de una hora sentado en su escritorio frente a un papel en blanco y seguía sin poder escribir ni una sola frase. Últimamente era incapaz de concentrarse en una tarea que llevaba realizando cada viernes por la tarde desde hacía más de treinta años. Llegados a este punto, ya debían de haberse dado cuenta de que no estaba nada centrado. Sacó la carta del sobre y abrió poco a poco las páginas. A continuación, se colocó sus gafas de media luna en el puente de la nariz y empezó a leer.

Querido padre:

«¡Niño judío! ¡Niño judío! ¡Niño judío!» fueron las primeras palabras que le escuché decir cuando pasé corriendo a su lado en la primera vuelta de aquella carrera. Ella estaba de pie, detrás de la valla de la última recta, con las manos rodeando sus labios para asegurarse de que escuchaba su grito. Debía de haber venido con otra escuela porque no la reconocí, pero solo necesité una breve mirada para saber que era Greg Reynolds quien estaba a su lado.

Tras cinco años teniendo que tolerar sus comentarios sarcásticos y su acoso en la escuela, lo único que quería responderle era «Nazi, nazi, nazi», pero siempre me has enseñado que debo de estar por encima de ese tipo de provocaciones.

Intenté quitármelos de la cabeza mientras daba la segunda vuelta. Durante años, había soñado con ganar la milla en los campeonatos del West Mount High School y estaba decidido a no permitir que nadie me detuviera.

Cuando entré en la primera recta por segunda vez, la miré más detenidamente. Estaba de pie, entre un grupo de amigos con la bufanda del colegio de monjas Marianapolis. Debería tener unos dieciséis y era tan delgada como un sauce. Me pregunto si me habrías regañado si hubiera gritado «Sin tetas, sin tetas, sin tetas» con la intención de, al menos, iniciar una pelea con los chicos que había junto a ella. Así habría podido decirte sin mentir que él había sido el que había lanzado el primer puñetazo, pero en cuanto hubieras sabido que se trataba de Greg Reynolds, te habrías dado cuenta de lo poco que se necesita para provocarlo.

Cuando volvía a encarar la primera recta, me preparé para sus gritos. Los cánticos en las carreras se habían puesto de moda a finales de la década de 1950, cuando se gritaba «Zat-o-pek, Zat-o-pek, Zat-o-pek» para adular al gran campeón checo en estadios de todo el mundo. Pero, en mi caso, no fue el grito de «Ros-en-thal, Ros-en-thal, Ros-en-thal» lo que llegó hasta mis oídos.

«¡Niño judío! ¡Niño judío! ¡Niño judío!» fue lo que dijo ella, sonando como un disco que se había quedado atascado en un gramófono. Su amigo Greg, que hoy se describiría como un niño pijo, se echó a reír. Sabía que había sido él quien la había animado a gritar aquello y me habría encantado borrarle esa sonrisa presuntuosa de la cara. Llegué a la marca de la media milla en dos minutos y diecisiete segundos, con un cómodo margen para batir el récord de la escuela, y sentía que era la mejor forma de poner a aquella burlona chica y al fascista de Reynolds en su lugar. En aquel momento no podía evitar pensar en lo injusto que era todo aquello. Era un canadiense de pura cepa, nacido y criado en este país, mientras que ella no era más que una inmigrante. Después de todo, usted, padre, tuvo que escapar de Hamburgo en 1937 y empezar de cero. Sus padres no habían llegado a estas tierras hasta 1949, cuando usted ya era una figura respetada en la comunidad.

Apreté los dientes e intenté concentrarme. Zatopek había escrito en su autobiografía que ningún corredor puede permitirse perder la concentración durante una carrera. Cuando giré la penúltima curva, el inevitable cántico volvió a empezar, pero esta vez, lo único que consiguió fue que acelerara, todavía más decidido a batir ese récord. Una vez de vuelta a la seguridad de la recta final, pude escuchar a algunos de mis amigos vociferando «Venga, Benjamin, puedes hacerlo» y el cronometrador gritó «Tres veintitrés, tres veinticuatro, tres veinticinco» mientras pasaba por la campana para iniciar mi última vuelta.

Sabía que el récord —cuatro treinta y dos— estaba a mi alcance y todas aquellas oscuras noches de invierno entrenando, de repente, habrían merecido la pena. Cuando llegué a la primera recta, me puse en cabeza y me sentí capaz de enfrentarme a aquella chica otra vez. Tiré de fuerzas para un último sacrificio. Un vistazo rápido por encima del hombro me confirmó que ya tenía bastante ventaja por delante de mis rivales, así que solo era yo contra el reloj. Entonces escuché el cántico, pero esta vez era incluso más fuerte que antes: «¡Niño judío! ¡Niño judío! ¡Niño judío!». Era más fuerte porque dos de ellos ahora gritaban al unísono y, en cuanto giré la curva, Reynolds levantó el brazo en un flagrante saludo nazi.

Si hubiera corrido unos metros más, habría alcanzado la seguridad de la recta final y los ánimos de mis amigos, la copa y el récord. Pero me enfadaron tanto que ya no pude controlarme.

Salí del recorrido, crucé la hierba por encima del foso del salto de longitud y me dirigí hacia ellos. Al menos, mi estúpida decisión hizo que dejaran de gritar porque Reynolds bajó el brazo y se quedó allí, parado, mirándome, patético, detrás de la pequeña valla que rodeaba el perímetro exterior de la pista. Salté por encima y aterricé justo delante de mi adversario. Con toda la energía que había reservado para la recta final, le di un enorme puñetazo. Mi puño golpeó un centímetro por debajo de su ojo izquierdo y cayó al suelo, a su lado. Al instante, ella se puso de rodillas y me miró con tal odio que no había palabras para describirlo. Una vez seguro de que Greg no se iba a levantar, volví despacio a la pista cuando el último corredor tomaba la última curva.

«Otra vez el último, niño judío», la escuché gritar mientras corría la última recta, a tanta distancia de los demás que ni siquiera se molestaron a registrar mi tiempo.

Ni recuerdo cuántas veces me ha citado esas palabras: «Sin embargo, he soportado ello con paciente encogimiento de hombros, porque la resignación es la virtud característica de toda nuestra raza». Por supuesto, tenía razón, pero solo tenía diecisiete años e, incluso después de conocer la verdad sobre el padre de Christina, seguía sin poder comprender cómo alguien que procedía de una Alemania vencida, una Alemania condenada por el resto del mundo por cómo había tratado a los judíos, pudiera seguir comportándose de esa manera. Y, por aquella época, realmente creía que, en su familia, eran nazis, pero le recuerdo explicándome con gran paciencia que su padre había sido almirante de la marina alemana y que había ganado una Cruz de Hierro por hundir barcos aliados. ¿Me recuerda preguntándole cómo podía tolerar a un hombre así y mucho menos permitir que se estableciera en nuestro país?

Siguió asegurándome que el almirante von Braumer, procedente de una antigua familia católica romana y que probablemente despreciaba a los nazis tanto como nosotros, había sido absuelto de todo cargo como oficial y se había comportado como un caballero a lo largo de toda su vida como marino alemán. Pero seguía sin poder aceptar su actitud... o no quería hacerlo.

No ayudó, padre, que siempre intentara comprender el punto de vista del otro y, aunque madre hubiera muerto prematuramente por culpa de esos bastardos, usted siempre encontrara la forma de perdonar.

Si hubiera nacido cristiano, habría sido un santo.

El rabino soltó la carta y se frotó los ojos cansados antes de pasar a otra página escrita con la fina letra que le había enseñado a su único hijo muchos años antes. Benjamin siempre había aprendido rápido, desde las sagradas escrituras hebreas hasta una complicada ecuación algebraica. El anciano incluso había llegado a albergar la esperanza de que el chico se convirtiera en rabino.

¿Recuerda cuando le pregunté aquella tarde por qué la gente no podía entender que el mundo había cambiado? ¿Acaso aquella chica no era consciente de que ella no era mejor que nosotros? Jamás olvidaré su respuesta. Me dijo que ella era mucho mejor que nosotros si la única forma que había encontrado de demostrar mi superioridad era pegarle un puñetazo en la cara a su amigo.

Volví a mi habitación enfurecido por su debilidad. Eso fue muchos años antes de que comprendiera su fortaleza.

Cuando no estaba dándole vueltas a aquella pista, rara vez tenía tiempo para otra cosa que no fuera trabajar para conseguir una beca en McGill, así que me sorprendí cuando nuestros caminos se volvieron a cruzar.

Debió de ser como una semana después cuando la vi en la piscina local. Cuando entré, estaba de pie, en la parte más profunda, justo debajo del trampolín. Su melena larga bailaba sobre sus hombros mientras sus ojos asimilaban con entusiasmo todo lo que ocurría a su alrededor. Greg estaba a su lado. Me alegró comprobar que conservaba una bonita mancha morada bajo su ojo izquierdo. También recuerdo que me reí por dentro al comprobar que, efectivamente, tenía el pecho más plano que había visto en una chica de dieciséis años, pero tengo que reconocer que tenía unas piernas fantásticas. Pensé que, quizá, sería un poco bicho raro. Me giré para ir a los vestuarios, un segundo antes de terminar en el agua. Cuando salí a la superficie para respirar, no había rastro de quien me había empujado, solo un grupo de rostros sonrientes e inocentes. No hacía falta ser un lince para saber quién debía haber sido, pero como siempre me recordaba, padre, imposible demostrarlo sin pruebas... No me habría importado tanto que me empujaran a la piscina si no fuera porque llevaba puesto mi mejor traje (bueno, en realidad, mi único traje con pantalones largos, ese que me ponía cuando iba a la sinagoga).

Salí de la piscina y ni me molesté en buscarlo. Sabía que, para entonces, Greg ya estaría muy lejos. Volví a casa por calles secundarias, sin coger el autobús para que nadie me viera y alguien le contara en qué estado estaba. En cuanto llegué a casa, pasé por delante de su estudio y subí a mi habitación para cambiarme antes de que pudiera descubrir lo que había sucedido.

El viejo Isaac Cohen me lanzó una mirada de desaprobación cuando aparecí en la sinagoga una hora después, con chaqueta y vaqueros.

Llevé el traje a la tintorería a la mañana siguiente. Me costó tres semanas de paga asegurarme de que nunca averiguara lo que había pasado en la piscina aquel día.

El rabino cogió la fotografía de su hijo de diecisiete años llevando su traje para la sinagoga. Todavía recordaba bien el día en que Benjamin apareció en su servicio con chaqueta y vaqueros y la franca reprimenda de Isaac Cohen. El rabino agradeció al señor Atkins, el instructor de natación, que lo llamara para advertirle de lo que había sucedido aquella tarde para que, al menos, no se uniera a las duras palabras del señor Cohen. Siguió mirando la foto un tiempo antes de volver a la carta.

La siguiente vez que vi a Christina —para entonces ya conocía su nombre— fue en el baile de fin de curso que tuvo lugar en el gimnasio de la escuela. Creía que estaba estupendo en mi recién planchado traje hasta que vi a Greg, de pie, a su lado, con un flamante y elegante esmoquin. Recuerdo que me pregunté si alguna vez podría permitirme un traje así. A Greg le habían ofrecido una plaza en McGill y se lo iba contando a todo aquel que lo quisiera escuchar, lo que hizo que estuviera todavía más decidido a conseguir una beca allí para el año siguiente.

Miré a Christina. Llevaba un vestido largo rojo que le tapaba por completo las piernas. Un fino cinturón dorado marcaba su pequeña cintura y la única joya que lucía era un sencillo collar de oro. Sabía que si esperaba un poco más no tendría el coraje para seguir con aquello. Cerré los puños, me acerqué a donde estaban y, como siempre me ha enseñado, padre, hice una pequeña inclinación con la cabeza antes de preguntar:

—¿Me concedería este baile?

Ella me miró a los ojos. Se lo juro, si me hubiera pedido que me fuera y matara a mil hombres antes de atreverme siquiera a volver a preguntar, lo habría hecho.

No dijo nada, pero Greg se apoyó en sus hombros y dijo:

—¿Por qué no te vas a buscar a una bonita chica judía?

Juraría que Christina frunció el ceño por su comentario, pero simplemente me sonrojé como alguien a quien hubieran pillado con las manos en la masa. No bailé con nadie aquella noche. Salí corriendo del gimnasio y me volví a casa.

Estaba convencido de que la odiaba.

Aquella última semana batí el récord de la escuela en la milla. Usted estaba allí para verme, pero gracias a Dios, ella no lo estaba. Esas fueron las vacaciones en las que nos fuimos a Ottawa a pasar el verano con la tía Rebecca. Un amigo de la escuela me dijo que Christina había pasado sus vacaciones en Vancouver con una familia alemana. Al menos Greg no había ido con ella, según me aseguró ese amigo.

No paró de recordarme la importancia de una buena educación, pero no era necesario porque, cada vez que veía a Greg, estaba más decidido a obtener la beca.

Trabajé incluso más durante el verano del 65 cuando me explicó que, para un canadiense, una plaza en la McGill era como ir a Harvard u Oxford y te despeja el camino para el resto de tus días.

Por primera vez en mi vida, correr pasó a un segundo plano.

Aunque no vi mucho a Christina, aquel trimestre estuvo muy presente en mi mente. Un compañero de clase me dijo que ella y Greg ya no se veían, pero no pudo decirme cuál había sido el motivo de ese cambio repentino. Por aquella época, tenía una supuesta novia que siempre se sentaba al otro lado de la sinagoga —Naomi Goldblatz, seguro que la recuerda—, pero fue ella la que me pidió salir.

Dado que los exámenes se iban acercando, le agradezco mucho que siempre encontrara tiempo para revisar mis trabajos y exámenes una vez acabados. Lo que no podía saber es que siempre volvía a mi habitación a rehacerlos una tercera vez. Era habitual que me quedara dormido en mi escritorio. Cuando me despertaba, pasaba la página y seguía leyendo.

Incluso usted, padre, que no tiene ni un gramo de vanidad dentro, tuvo problemas para ocultar a su congregación lo orgulloso que estaba de mi octavo sobresaliente seguido y de mi beca completa para estudiar en McGill. Me preguntaba si Christina lo sabría. Debería. A la semana siguiente, mi nombre apareció escrito en el cuadro de honor con letras doradas, así que seguro que alguien se lo contó.

Unos tres meses después, estaba en mi primer trimestre en McGill cuando la volví a ver. ¿Recuerda llevarme a Santa Juana, al teatro Centaur? Allí estaba, sentada unas cuantas filas por delante de nosotros, con sus padres y un estudiante de segundo año llamado Bob Richards. El almirante y su mujer parecían conservadores y muy severos, pero no por ello antipáticos. Durante el entreacto, la vi reír y bromear con ellos; estaba claro que se divertían. A duras penas vi Santa Juana, aunque era incapaz de apartar la mirada de Christina, pero ella ni siquiera percibió mi presencia. Me habría gustado estar en el escenario, interpretando al Delfín para que tuviera que verme.

Cuando el telón calló, ella y Bob Richards dejaron a sus padres y pusieron rumbo a la salida. Los seguí hasta el vestíbulo y luego al aparcamiento, y los vi entrar en un Thunderbird. ¡Un Thunderbird! Recuerdo pensar que quizá un día podría permitirme un esmoquin, pero jamás un Thunderbird.

A partir de entonces, estuvo en mis pensamientos cuando entrenaba, cuando trabajaba e, incluso, cuando dormía. Averigüé todo lo que pude sobre Bob Richards y descubrí que le caía bien a todo el mundo que lo conocía.

Por primera vez en mi vida, odié ser judío.

La siguiente vez que vi a Christina, temí lo que podía pasar. Fue al inicio de la milla contra la universidad de Vancouver y, como novato, tuve la suerte de que me seleccionaran para representar a McGill. Cuando salí a la pista para calentar, la vi sentada en la tercera fila de la grada junto a Richards. Estaban cogidos de la mano.

Fui el último en reaccionar cuando sonó el disparo de salida, pero en cuanto llegamos a la primera recta, pude adelantar hasta la quinta posición. Era el público más grande ante el que había tenido que correr y, cuando llegué a la recta final, me esperaba el cántico «¡Niño judío! ¡Niño judío! ¡Niño judío!», pero no pasó nada. Me preguntaba si no se habría dado cuenta de que yo estaba en la carrera. Pero sí que se había dado cuenta porque, cuando salí de la curva, pude oír claramente su voz.

—¡Venga, Benjamin, tienes que ganar! —gritó.

Quise mirar hacia atrás para asegurarme de que había sido Christina la que había gritado esas palabras, pero necesitaría otro cuarto de milla antes de pasar ante ella otra vez. Cuando por fin lo hice, ya estaba en el tercer puesto y puede escucharla claramente decir:

—¡Venga, Benjamin, puedes hacerlo!

De inmediato me hice con el primer puesto porque lo único

que quería era volver a estar con ella. Apreté sin pensar en quién estaría detrás de mí y, para cuando pasé delante de ella por tercera vez, ya iba destacado varios metros.

—¡Vas a ganar! —gritó mientras corría para llegar a la campana en tres minutos y ocho segundos, once segundos más rápido de lo que lo había hecho nunca.

Recuerdo pensar que deberían poner algo en esos manuales de entrenamiento sobre que el amor te daba dos o tres segundos por vuelta.

La observé durante la primera recta y, cuando llegué a la curva final por última vez, la multitud se puso en pie. Me giré para buscarla. Estaba saltando mientras gritaba «¡Cuidado! ¡Cuidado!», algo que no entendí hasta que me adelantó por el interior el número uno de Vancouver, de quien el entrenador me había avisado que era conocido por su potente final. Crucé la línea de meta unos cuantos metros por detrás de él, en segundo lugar, pero seguí corriendo hasta estar a salvo en el vestuario. Me senté solo junto a mi taquilla. Cuatro minutos diecisiete, me dijo alguien, seis segundos más rápido que mi mejor tiempo hasta entonces. Eso no me consolaba. Me quedé bajo la ducha bastante tiempo, intentando averiguar qué había podido hacer que cambiara su actitud.

Cuando volví a la pista, ya solo quedaba por allí el personal de mantenimiento. Eché un último vistazo a la línea de meta antes de irme dando un paseo a la biblioteca Forsyth. Me sentía incapaz de enfrentarme a la habitual reunión del equipo, así que intenté aprovechar para escribir un trabajo sobre los derechos a la propiedad de las mujeres casadas.

La biblioteca estaba casi vacía aquel sábado por la tarde y, estando ya en mi tercera página, oí una voz decir:

—Espero no interrumpirte, pero no has venido a Joe's.

Levanté la mirada para encontrarme con Christina, de

pie, al otro lado de la mesa. Padre, no supe qué decir. Tan solo miré a aquella bella criatura con su moderna minifalda azul y su jersey ajustado que enfatizaba unos pechos perfectos y no dije nada.

—Yo fui la que gritó «Niño judío» cuando todavía estabas en el instituto. Me he avergonzado de ello desde entonces. Quise disculparme la noche del baile de graduación, pero no fui capaz de reunir el coraje para hacerlo con Greg allí.

Asentí para indicar que lo comprendía porque no podía encontrar ninguna palabra que me pareciera apropiada.

—Jamás volví a dirigirle la palabra —me dijo—. Pero imagino que ni te acordarás de Greg.

Me limité a sonreír.

—¿Te apetecería un café? —pregunté, intentando sonar como si no me importara que me contestara «Lo siento, pero tengo que volver con Bob».

—Me encantaría —respondió.

La llevé a la cafetería de la biblioteca, que era todo lo que me podía permitir por aquella época. Jamás se molestó en explicarme qué había pasado con Bob Richards y yo nunca se lo pregunté.

Christina parecía saber tanto sobre mí que me sentí cohibido. Me pidió que la perdonara por lo que gritó en la pista aquel día de hacía dos años. No puso excusas ni culpó a nadie, solo me pidió perdón.

Christina me dijo que esperaba unirse a mí en McGill en septiembre para estudiar alemán.

—Ya sé que un poco ir a lo fácil —admitió—, dado que es mi lengua materna.

Pasamos el resto de verano juntos. Volvimos a ver Santa Juana e incluso hicimos cola para una película llamada Dr. No que causaba sensación por la época. Trabajamos juntos, comimos juntos, jugamos juntos, pero dormimos solos.

No le hablé mucho de Christina entonces, pero estaba seguro de que sabía cuánto la quería; nunca he podido esconderle nada. Y tras todas sus enseñanzas sobre el perdón y la comprensión, no habría podido desaprobarlo.

El rabino hizo una pausa. Le dolía el corazón porque sabía perfectamente lo que estaba por llegar, aunque no habría podido predecir lo que pasaría al final. Jamás pensó que viviría lo suficiente como para lamentar su educación ortodoxa, pero cuando la señora Goldblatz le habló por primera vez de Christina, fue incapaz de ocultar su desaprobación.

—Se le pasará con el tiempo —le dijo.

Demasiado para su inteligencia.

Cada vez que iba a la casa de Christina, siempre me trataron con amabilidad, pero su familia era incapaz de ocultar su desaprobación. Pronunciaron palabras que no creían tan solo para intentar demostrar que no eran antisemitas y, siempre que sacaba el tema con Christina, me decía que estaba exagerando. Ambos sabíamos que no era así. Ellos simplemente pensaban que no era digno de su hija. Tenían razón, pero no tenía nada que ver con que fuera judío.

Jamás olvidaré la primera vez que hicimos el amor. Fue el día que Christina supo que la habían aceptado en McGill.

Fuimos a mi habitación a las tres en punto para cambiarnos para un partido de tenis. La cogí en brazos para lo que pensé que sería un breve instante y no salimos hasta la mañana siguiente. No fue planeado. ¿Cómo podría haberlo sido, considerando que fue la primera vez para los dos?

Le dije que me casaría con ella —¿acaso no lo hacen todos los hombres la primera vez?—, solo que yo lo decía en serio.

Entonces, unas semanas después, ya no tuvo el periodo. Le supliqué que no entrara en pánico y esperamos un mes más porque ella tenía miedo de ir a un médico de Montreal.

Si le hubiera contado todo entonces, padre, quizá mi vida habría seguido otro curso. Pero no lo hice y no puedo culpar a nadie.

Empecé a planear una boda que ni la familia de Christina ni usted habrían considerado aceptable, pero nos daba igual. El amor no conoce padres y mucho menos religión. Cuando tuvo la segunda falta, acordé con Christina que se lo contaríamos a su madre. Le pregunté si quería que la acompañara, pero se limitó a negar con la cabeza y me explicó que sentía que tenía que hacerlo sola.

—Esperaré aquí a que vuelvas —le prometí.

Ella sonrió.

—Estaré de vuelta incluso antes de que tengas tiempo para cambiar de opinión sobre lo de casarte conmigo.

Me senté en mi habitación de McGill toda la tarde, leyendo y dando vueltas de un lado para otro —sobre todo lo segundo—, pero jamás volvió y no fui a buscarla hasta la noche. Anduve hasta su casa, intentando convencerme a mí mismo de que debía de haber alguna explicación sencilla de por qué no había vuelto.

Cuando llegué a su calle, pude ver una luz en su habitación, pero en ninguna otra parte de la casa, así que pensé que debía de estar sola. Crucé la verja hasta el porche delantero, llamé a la puerta y esperé.

Su padre abrió la puerta.

—¿Qué quieres? —preguntó, sin apartar la mirada ni un segundo de mí.

—Amo a su hija —le dije—, y quiero casarme con ella.

—Ella jamás se casará con un judío —se limitó a decir y cerró la puerta.

Recuerdo que no pegó un portazo; solo la cerró, lo que, de alguna forma, era peor.

Me quedé de pie en la calle, mirando a su habitación durante más de una hora hasta que se apagó la luz. Entonces me fui a casa. Recuerdo que caía una ligera llovizna aquella noche y había poca gente en las calles. Intenté decidir qué debía hacer a continuación, aunque no parecía haber esperanza para mí. Me fui a la cama aquella noche deseando que se produjera un milagro. Había olvidado que los milagros eran para los cristianos, no para los judíos.

Para la mañana siguiente, ya tenía trazado un plan. Llamé por teléfono a Christina a las ocho y casi cuelgo cuando oí la voz al otro lado de la línea.

—Señora von Braumer —dijo.

—¿Está Christina? —susurré.

—No, no está —volvió a la respuesta impersonal controlada.

—¿Y cuándo volverá? —pregunté.

—Tardará algún tiempo —dijo y luego se hizo el silencio.

«Tardará algún tiempo» resultó ser más de un año. Le escribí, la llamé, les pregunté a amigos del instituto y de la universidad, pero jamás descubrí a dónde se la habían llevado.

Entonces, un día, sin previo aviso, volvió a Montreal acompañada de su marido y mi hijo. Conocí los amargos detalles de la fuente de todo conocimiento, Naomi Goldblatz, que los había visto a los tres.

Recibí una corta nota de Christina como una semana después, suplicándome que no intentara contactar con ella.

Ya había empezado mi último año en McGill y, como un

caballero del siglo XVIII, cumplí su deseo al pie de la letra y centré todas mis energías en los exámenes finales. Ella seguía ocupando mis pensamientos y me consideré afortunado al final del año cuando me ofrecieron una plaza en la Harvard Law School.

Me mudé de Montreal a Boston el 12 de septiembre de 1968.

Seguramente se preguntó por qué nunca volví a casa durante aquellos tres años. Supe de su desaprobación. Gracias a la señora Goldblatz, todo el mundo supo quién era el padre del hijo de Christina y pensé que una ausencia forzosa le facilitaría un poco la vida.

El rabino hizo una pausa mientras recordaba cómo la señora Goldblatz le contó lo que ella consideraba que «era su obligación».

—Es usted una entrometida —le dijo.

Al sábado siguiente, ya había cambiado de sinagoga y le había contado a toda la ciudad por qué.

Estaba más enfadado consigo mismo que con Benjamin. Debería haber ido a Harvard para decirle a su hijo que su amor por él no había cambiado. Demasiado para su capacidad de perdón.

Cogió la carta una vez más.

Durante todos esos años en la facultad de derecho, tuve muchos amigos de ambos sexos, pero eran pocas las horas que Christina no ocupaba mis pensamientos. Le escribí más de cuarenta cartas mientras estaba en Boston, pero no envié ninguna. Incluso la llamé, pero nunca respondió su voz. Si hubiera sido así, no estoy seguro de haber sido capaz de decir algo. Solo quería oír su voz.

¿Alguna vez ha sentido curiosidad por las mujeres de mi vida? Tuve relaciones con chicas muy inteligentes de Radcliffe que estudiaban derecho, historia o ciencias, y una vez con una dependienta que nunca leyó nada. ¿Se lo imagina? ¿Hacer el amor con una mujer mientras piensas en otra? Parecía hacer mi trabajo en piloto automático e incluso mi pasión por correr se vio reducida a una hora de jogging al día.

Mucho antes del final de mi último año, bufetes importantes de Nueva York, Chicago y Toronto se mostraron interesados en entrevistarnos. Los tambores de Harvard resuenan en todo el mundo, pero incluso a mí me sorprendió recibir una visita del socio mayoritario de Graham Douglas & Wilkins de Toronto. No es una firma conocida por sus socios judíos, pero me gustó la idea de que, un día, en su membrete se pudiera leer «Graham Douglas, Wilkins & Rosenthal». Incluso a su padre le habría impresionado eso.

Me convencí de que, si al menos vivía y trabajaba en Toronto, estaría lo suficientemente lejos como para olvidarla y, quizá, con un poco de suerte, acabaría encontrando alguien por la que sintiera lo mismo.

Graham Douglas & Wilkins me encontró un apartamento espacioso con vistas al parque y empecé con un salario generoso. A cambio, Dios mío —sea quien sea Dios—, trabajé todas las horas del reloj. Si había creído que me habían apretado en McGill o Harvard, padre, aquello no fue más que un mero ensayo para el mundo real. No me quejé. El trabajo era emocionante y las recompensas estuvieron más allá de mis expectativas. Ahora que podía permitirme un Thunderbird, no lo quería.

Llegaron nuevas novias y se fueron en cuanto hablábamos de boda. Las judías solían sacar el tema en una semana, mientras que las gentiles, en mi opinión, esperaban un poco más. Incluso empecé a vivir con una de ellas, Rebecca Wertz, pero esto también se acabó, un jueves.

Aquella mañana, camino de la oficina, un poco después de

las ocho, algo tarde para mí, vi a Christina al otro lado de una carretera muy transitada, con una barrera entre nosotros. Estaba en una parada de autobús, con un niño de unos cinco años de la mano: mi hijo.

El denso tráfico de la mañana me permitió observarlos un poco más, incrédulo. Quise verlos a los dos a la vez. Ella llevaba un ligero abrigo largo que demostraba que no había perdido la figura. Su rostro era sereno y me recordó por qué rara vez no ocupaba mis pensamientos. Su hijo —nuestro hijo— iba envuelto en un abrigo de lana inmenso y llevaba una gorra de béisbol que me informaba de que era seguidor de los Toronto Dolphins. Por desgracia, me impidió ver su cara. «No tenías que estar en Toronto», recuerdo pensar, «se supone que estabas en Montreal». Recuerdo observarlos por mi espejo retrovisor mientras se subían al autobús. Aquel jueves en concreto, debí ser un asesor horrible para aquellos clientes que buscaron mi consejo.

Durante la semana siguiente, pasé junto a la parada del autobús cada mañana más o menos a la misma hora del encuentro, pero no volví a verlos. Empecé a considerar la posibilidad de que todo hubiera sido producto de mi imaginación. Entonces volví a ver a Christina cuando volvía, cruzando la ciudad, tras haber visitado a un cliente. Estaba sola y frené en seco cuando la vi entrar en una tienda de Bloor Street. Esta vez, aparqué en doble fila y crucé la calle corriendo, sintiéndome como un sórdido detective privado que se pasa la vida espiando por las cerraduras.

Lo que vi me sorprendió mucho: no estaba en una bonita tienda de ropa, sino que trabajaba allí.

En cuanto vi que estaba atendiendo a un cliente, volví corriendo a mi coche. Cuando llegué a la oficina, le pregunté a mi secretaria si conocía una tienda llamada Willing's.

Mi secretaria se echó a reír.

—Se pronuncia al estilo alemán, así que la W es una V —explicó—, por lo tanto es Villing's. Si estuviera casado, sabría que es una de las tiendas de ropa más caras de la ciudad —añadió.

—¿Qué me puede decir de la tienda? —le pregunté, intentando parecer despreocupado.

—No demasiado —me respondió—. Solo que es propiedad de una potentada señora alemana llamada Klaus Willing, de la que suelen hablar en las revistas femeninas.

No necesité hacerle ninguna otra pregunta a mi secretaria y no le aburriré, padre, con mi trabajo detectivesco. Pero, armado con fragmentos de información, no tardé demasiado en descubrir dónde vivía Christina, que su marido era director de BMW en el extranjero y que solo tenían un hijo.

El viejo rabino respiró profundamente mientras miraba el reloj de su escritorio, más por costumbre que por una necesidad real de conocer la hora. Hizo una pequeña pausa antes de volver a la carta. Había estado tan orgulloso de su hijo abogado por aquella época. ¿Por qué no dio el primer paso para la reconciliación? ¡Cuánto le habría gustado ver a su nieto!

Mi decisión final no exigía una gran mente jurídica, solo un poco de sentido común, aunque un abogado que se aconseja a sí mismo, sin duda tiene un tonto por cliente. Decidí que el contacto debía ser directo y creí que una carta sería el único método que Christina encontraría aceptable.

Escribí un mensaje simple aquel lunes por la mañana, entonces lo volví a escribir varias veces antes de llamar a una compañía de mensajería para pedirles que se la entregaran en persona en la tienda. Cuando el joven se fue con la carta, quise seguirlo, solo para asegurarme de que se lo entregaba a la persona correcta. Todavía lo recuerdo palabra por palabra.

Querida Christina:

Seguramente sepas que vivo y trabajo en Toronto. ¿Podemos vernos? Te esperaré en el vestíbulo del Royal York Hotel todas las tardes entre las seis y las siete durante toda esta semana. Si no vienes, no te volveré a molestar nunca más.

Benjamin

Llegué aquella tarde casi treinta minutos antes. Recuerdo sentarme en una enorme sala impersonal justo a la salida del vestíbulo y pedí un café.

—¿Espera a alguien, señor? —preguntó el camarero.

—No lo sé —le dije.

Nadie se unió a mí, pero esperé hasta las siete y cuarenta.

El jueves, el camarero ni siquiera se molestó en preguntarme si alguien más vendría cuando me senté solo a dejar que otro café se enfriara. Cada pocos minutos, miraba el reloj. Cada vez que una mujer rubia entraba en el salón, me daba un vuelco el corazón, pero jamás fue la mujer que esperaba.

Un poco antes de las siete del viernes por fin vi a Christina, de pie, en la entrada. Llevaba un elegante traje azul abotonado casi hasta el cuello y una blusa blanca que la hacía parecer alguien camino de una conferencia de negocios. Tenía el pelo recogido por detrás de las orejas para parecer más severa, pero por mucho que lo intentara, solo podía ser guapa. Me puse en pie y levanté el brazo para hacerle señas. Se acercó deprisa y se sentó a mi lado. No nos besamos ni nos dimos la mano y, durante algún tiempo, ni siquiera hablamos.

—Gracias por venir —dijo.

—No debería. Ha sido una estupidez.

Los dos volvimos a guardar silencio un instante.

—¿Te puedo ofrecer un café? —pregunté.

—Sí, por favor.

—¿Solo?

—Sí.

—No has cambiado.

Qué banal habría sonado todo para el que nos escuchara a escondidas.

Bebió un sorbo de café.

La habría abrazado al instante, pero no tenía forma de saber si eso era lo que ella quería. Durante varios minutos, hablamos de asuntos intrascendentes, intentando evitar mirarnos a los ojos hasta que, de repente, dije:

—¿Sabes que todavía te quiero?

Sus ojos se llenaron de lágrimas mientras respondía:

—Claro que lo sé. Y yo sigo sintiendo por ti lo mismo que sentía el día que nos separamos. Y no olvides que tengo que verte todos los días en Nicholas.

Se inclinó hacia delante y casi me susurró. Me contó lo que pasó el día que habló con sus padres hacía más de cinco años como si jamás nos hubiéramos separado. Su padre no mostró ira cuando supo que estaba embarazada, pero la familia se fue a Vancouver a la mañana siguiente. Allí se quedaron con los Willing, una familia también de Múnich, viejos amigos de los van Braumer. Su hijo, Klaus, siempre había estado enamorado de Christina y no le importaba que estuviera embarazada ni que no sintiera nada por él. Estaba seguro de que, con el tiempo, todo iría a mejor.

Pero no fue así, porque no podía serlo. Christina siempre había sabido que no funcionaría, por mucho que lo intentara

Klaus. Incluso se había ido de Montreal para intentar arreglarlo. Klaus le compró la tienda de Toronto y todos los lujos que el dinero podía comprar, pero no cambió nada. Era obvio que su matrimonio era una farsa. Pero no querían disgustar a sus familias con un divorcio, así que optaron por llevar vidas separadas desde el principio.

En cuanto Christina terminó su historia, le acaricié la mejilla y ella cogió mi mano y la besó. A partir de entonces, nos vimos cada momento libre que tuvimos, ya fuera durante el día o durante la noche. Fue el año más feliz de mi vida y era incapaz de ocultar mi felicidad.

Inevitablemente, nuestra aventura —así es como nos describían las malas lenguas— se hizo pública. Por muy discretos que intentáramos ser, Toronto, como no tardé en descubrir, es una ciudad pequeña llena de gente que disfruta informando a los que también queremos de que nos habían visto juntos con regularidad, incluso a la salida de mi casa a primeras horas de la mañana.

Entonces, de repente, no nos quedó más remedio: Christina me dijo que volvía a estar embarazada. Pero esta vez no tenía miedo por ninguno de nosotros.

En cuanto se lo contó a Klaus, el acuerdo llegó tan rápido como el mejor abogado matrimonial de Graham Douglas & Wilkins pudo negociarlo. Nos casamos unos días después de que se firmaran los últimos papeles. Los dos lamentamos que los padres de Christina no pudieran asistir a la boda, pero no puedo entender por qué usted no vino.

El rabino seguía sin poder creer su propia intolerancia y estrechez de miras. Un judío ortodoxo debería estar exento de sus obligaciones si eso implicaba perder a su único hijo. Había buscado en el Talmud en vano algún pasaje que le permitiera romper sus votos perpetuos. En vano.

La única parte triste del acuerdo de divorcio es que se le concedía a Klaus la custodia de nuestro hijo. También exigió, a cambio de un divorcio rápido, que no pudiera ver a Nicholas hasta su veintiún cumpleaños, y tampoco podía decirle que yo era su auténtico padre. En su momento me pareció un precio muy alto que pagar, incluso a cambio de semejante felicidad. Ambos sabíamos que no teníamos más opción que aceptar sus términos.

Solía preguntarme cómo es que cada día era mejor que el anterior. Si pasaba más de unas horas lejos de Christina, la echaba de menos. Si el bufete me enviaba fuera de la ciudad alguna noche, la llamaba dos, tres e, incluso, cuatro veces, y si era más de una noche, entonces venía conmigo. Recuerdo que una vez describió su amor por mi madre y me preguntó si alguna vez yo sentiría algo parecido.

Empezamos a hacer planes para el nacimiento de nuestro hijo. William, si era un chico —elección de Christina— y Deborah, si era una chica —elección mía. Pinté la habitación de invitados de rosa, convencido de que ganaría.

Christina tuvo que pararme para que no siguiera comprando ropa de bebé, pero le dije que no importaba porque esperaba tener una docena más de hijos. Como bien me recordó ella, los judíos creemos en las dinastías.

Asistió a sus clases de preparación al parto con regularidad, hizo dieta con cautela y descansó con sensatez. Le dije que estaba haciendo mucho más de lo que se esperaba de una madre, aunque se tratara de mi hija. Le pregunté si podía estar presente cuando naciera nuestra hija y, aunque su ginecólogo se mostró reticente al principio, al final aceptó. Al noveno mes, a juzgar por el alboroto que monté en el hospital, debieron de pensar que se estaban preparando para el nacimiento de un príncipe.

Llevé a Christina al Women's College Hospital camino del trabajo el último martes. Aunque llegué a ir a la oficina, era incapaz de concentrarme. El hospital me llamó por la tarde para decirme que creían que el niño nacería a primeras horas de la noche. Estaba claro que Deborah no quería interrumpir la jornada laboral en Graham Douglas & Wilkins. Con todo, llegué al hospital con bastante tiempo de antelación. Me senté a los pies de la cama de Christina hasta que sus contracciones fueron cada minuto y entonces, para mi sorpresa, me pidieron que me fuera. Según me explicó una enfermera, tenían que romper las membranas. Le pedí que le recordara a la matrona que quería estar presente en el nacimiento.

Salí al pasillo y empecé a andar de un lado para otro, igual que los padres primerizos en las películas de serie B. El ginecólogo de Christina llegó una media hora después y me dedicó una enorme sonrisa. Vi un puro en su bolsillo superior, obviamente reservado para los futuros padres. «Está a punto de salir» fue todo lo que me dijo.

Un segundo doctor que jamás había visto antes llegó unos minutos después y entró deprisa en la habitación. Solo hizo un gesto con la cabeza. Me sentí como un hombre en el banquillo de los acusados, esperando el veredicto del jurado.

Debieron pasar, al menos, otros quince minutos hasta que vi a un equipo de tres jóvenes internos correr por el pasillo empujando un aparato. No me dio tiempo ni a echar un segundo vistazo antes de que desaparecieran en la habitación de Christina.

Oí los gritos que, de repente, dieron paso al llanto lastimero de un bebé recién nacido. Le di las gracias a mi Dios y al suyo. Cuando el médico salió de la habitación, recuerdo percatarme de que el puro había desaparecido.

—Es una niña —dijo con voz tenue.

Estaba pletórico. «No es necesario repintar la habitación a corto plazo», recuerdo que pensé.

—¿Puedo ver a Christina ya? —pregunté.

Me cogió del brazo y me llevó al otro lado del pasillo, a su consulta.

—Será mejor que se siente —me dijo—. Me temo que tengo malas noticias.

—¿Está bien mi esposa?

—Siento mucho tener que decirle que su mujer ha muerto.

Al principio no pude creerlo, me negaba a creerlo. ¿Por qué? ¿Por qué? Quise gritar.

—La avisamos —añadió.

—¿Que la avisaron? ¿La avisaron de qué?

—De que su presión arterial podría no soportar una segunda vez.

Christina jamás me había contado lo que el doctor pasó a explicarme: que el nacimiento de nuestro primer hijo fue complicado y que los médicos le habían aconsejado que no volviera a quedarse embarazada.

—¿Por qué no me dijo nada? —pregunté.

Y entonces me di cuenta de por qué. Ella había arriesgado todo por mí —yo, un estúpido, egoísta y desconsiderado— y había acabado matando a la única persona que quería.

Entonces me permitieron coger a Deborah unos instantes antes de meterla en una incubadora y me comunicaron que no estaría fuera de peligro hasta que pasaran veinticuatro horas.

Jamás podré expresar cuánto significó para mí, padre, que viniera tan deprisa al hospital. Los padres de Christina llegaron más tarde esa noche. Se portaron muy bien. Su padre me suplicó que lo perdonara (¡suplicó mi perdón!). Eso jamás habría pasado, no dejaba de repetir, si no hubiera sido tan estúpido y con tantos prejuicios.

Su mujer me cogió la mano y me preguntó si podría ver a Deborah de vez en cuando. Por supuesto, le dije que sí. Se marcharon un poco antes de las doce de la noche. Me senté, paseé, dormí en aquel pasillo durante las siguientes veinticuatro horas hasta que me dijeron que mi hija estaba fuera de peligro. Según me explicaron, tendría que quedarse en el hospital unos cuantos días más, pero ya era capaz de beber leche del biberón.

El padre de Christina se encargó de organizar el entierro.

Seguramente se preguntaría por qué no aparecí y le debo una explicación. Mi intención era parar un rato en el hospital camino del funeral para pasar algo de tiempo con Deborah. Ya había transferido mi amor.

El médico era incapaz de encontrar las palabras. Un hombre valiente me dijo que su corazón había dejado de latir unos minutos antes de mi llegada. Incluso el cirujano jefe rompió a llorar. Cuando salí del hospital, los pasillos estaban vacíos.

Quiero que sepa, padre, que lo quiero con todo mi corazón, pero no quiero vivir el resto de mi vida sin Christina ni Deborah.

Solo le pido que me entierre junto a mi mujer y mi hija, y que me recuerden como su marido y padre. De esa forma, la gente inconsciente quizá aprenda algo de nuestro amor. Y cuando termine esta carta, solo recuerde que fui tan

sumamente feliz cuando estuve con ella que no le temo a
la muerte.

Su hijo,
Benjamin.

El viejo rabino dejó la carta en la mesa frente a él. La había leído
todos los días durante los diez últimos años.